PARABOLE DU FAILLI

DU MÊME AUTEUR

Depale, en collaboration avec Richard Narcisse, éditions de l'Association des écrivains haïtiens, Port-au-Prince, 1979.
Les Fous de Saint-Antoine, éditions Deschamps, Port-au-Prince, 1989.
Le Livre de Marie, éditions Mémoire, Port-au-Prince, 1993.
La Petite Fille au regard d'île, éditions Mémoire, Port-au-Prince, 1994.
Zanjnandlo, éditions Mémoire, Port-au-Prince, 1994.
Les Dits du fou de l'île, éditions de l'Île, 1997.
Rue des Pas-Perdus, Actes Sud, 1998 ; Babel n° 517.
Thérèse en mille morceaux, Actes Sud, 2000 ; Babel n° 1127.
Les Enfants des héros, Actes Sud, 2002 ; Babel n° 824.
Bicentenaire, Actes Sud, 2004 ; Babel n° 731.
L'Amour avant que j'oublie, Actes Sud, 2007 ; Babel n° 969.
Haïti (photographies de Jane Evelyn Atwood), Actes Sud, 2008.
Lettres de loin en loin. Une correspondance haïtienne, en collaboration avec Sophie Boutaud de La Combe, Actes Sud, 2008.
Ra Gagann, pwezi, Atelier Jeudi soir, 2008.
Éloge de la contemplation, Riveneuve, 2009.
Yanvalou pour Charlie, Actes Sud, 2009 (prix Wepler) ; Babel n° 1069.
La Belle Amour humaine, Actes Sud, 2011 (grand prix du Roman métis, prix du Salon du livre de Genève) ; Babel n° 1192.
Objectif : l'autre, André Versaille éditeur, 2012.
Le Doux Parfum des temps à venir, Actes Sud, 2013.
Parabole du failli, Actes Sud, 2013 (prix Carbet de la Caraïbe et du Tout-Monde).
Pwomès, pwezi, C3 éditions, 2014.
Dictionnaire de la rature, en collaboration avec Geneviève de Maupeou et Alain Sancerni, Actes Sud, 2015.
Anthologie bilingue de la poésie créole haïtienne de 1986 à nos jours, textes rassemblés par Lyonel Trouillot et Mehdi Chalmers, Actes Sud, 2015.
Kannjawou, Actes Sud, 2016.

© ACTES SUD, 2013
ISBN 978-2-330-05315-4

LYONEL TROUILLOT

PARABOLE
DU FAILLI

roman

BABEL

À Sabine, Marie, Élodie.

Zaka Mede, pa tou tan ti kwi nan men m
M ap mande lacharite.
"Zaka Mede, je ne tendrai pas toujours ma sébile
pour demander la charité."

CHANT POPULAIRE HAÏTIEN

Tout cœur qui tremble mérite amour
Mais lui,
De son vol
Et de son désir,
Sur quelle branche se posera-t-il?

MOMAR D. KANE

Je ne ferai pas avec le monde ma paix sur votre dos.

AIMÉ CÉSAIRE

AVERTISSEMENT DE L'AUTEUR

Le 12 novembre 1997, le comédien haïtien Karl Marcel Casséus décédait à Paris dans des circonstances tragiques. Si on peut trouver des ressemblances entre lui et le personnage principal de ce livre, cette œuvre de fiction ne raconte pas sa vie. Ni sa mort.

Sont cités ou évoqués dans ce livre de nombreux poètes et paroliers : Paul Éluard, René Philoctète, Alfred de Musset, Magloire Saint-Aude, Alphonse de Lamartine, Pablo Neruda, Victor Hugo, Carl Brouard, François Villon, Roussan Camille, Jean Racine, Anthony Phelps, Kateb Yacine, Walt Whitman, Nazim Hikmet, Charles Baudelaire, Guillaume Apollinaire, Paul Fort, Léo Ferré, Claude Delécluze, Michèle Senlis, Louis Aragon, Paul Verlaine, Joachim Du Bellay, Carlos Saint-Louis, Léon Gontran Damas, René Char et Charles Dumont.

L. T.

Pardon Pedro. Tu avais beau nous dire que les bulletins de nouvelles c'est pire que le théâtre. Mensonges et jeux de rôle. Que tel grand artiste dont on avait annoncé trois fois le décès s'était sorti trois fois d'un coma éthylique. Trois fois ses fans se sont laissé prendre et sont allés par centaines poser des fleurs devant sa maison, brûler des cierges à sa mémoire de spécialiste de la résurrection à grands coups de calmants et de chirurgie esthétique. Tu avais beau nous répéter que les informations, ça marche selon le goût du jour et l'échelle des valeurs. Tu voulais dire marchandes, mais tu n'aimais pas les concepts et choisissais l'ellipse contre la théorie. Lorsque avec l'Estropié nous partions dans des discussions sur les modes et les systèmes, la différence entre les réformes et les révolutions, tu te contentais de sourire et tu allais dehors jouer avec les enfants. Tu aimais les enfants. Tu avais beau nous dire : "Méfiez-vous, mes amis, les infos c'est un piège à cancres, ils inventent des charniers n'ayant jamais existé et il est de vrais morts dont on ne parle jamais", tu avais beau nous répéter : "Méfiez-vous". Tu ne le disais pas qu'à nous. Tu avais pris l'habitude d'alerter les passants, toute personne que tu croisais sur ton chemin. Tu déambulais dans les rues du quartier et t'adressais aux mendiants agenouillés sur les marches de l'église de Saint-Antoine. Aux automobilistes, y compris aux bonnes bourgeoises, ces femmes climatisées qui passaient au volant de leurs véhicules, les vitres montées, l'accélérateur à ras le plancher, la tête droite, sans un regard pour notre quartier sans lauriers et sans flamboyants qui ne ressemble pas aux leurs. Aux piétons fatigués ou alertes, jeunes ou vieux, ventrus ou maigrelets. Aux militaires en uniforme qui te traitaient de fou et te disaient de prendre garde parce qu'on a beau parler de démocratie, de liberté d'expression et autres illusions, ici comme ailleurs les fous trop bavards finissaient en prison. Aux marchands de bonbons et de glace concassée. À la vendeuse de cigarettes au détail que la mort de son fils dans un voyage clandestin avait rendue toute triste et que toi seul parvenais à faire sourire. Aux enfants. C'est fou comme tu aimais les enfants. Aux vieilles qui s'essoufflaient en grimpant la colline dans leurs chaussures d'un autre temps et auxquelles tu offrais quelquefois ton bras, parce que la pente est raide et ce n'est pas plus mal si les forts aident les faibles. Tu aimais les vieilles presque autant que les enfants, et, toutes fières, avec des sourires de bal de débutantes, elles grimpaient à ton bras cette satanée colline qui avait épuisé leurs rêves, leurs jambes, leurs amours. Le dernier homme à leur avoir donné le bras avant toi était mort depuis longtemps. Va-t'en savoir pourquoi, cette putain de colline est une machine à faire des veuves. Chez le peuple de la colline, les dépenses physiques tuent les hommes avant la cinquantaine et les privations gardent longtemps les femmes en vie. Les femmes meurent lentement, comme une plante qui s'effrite, rapetisse, pour un jour disparaître. Quand tu marchais dans Saint-Antoine, tu donnais le bras aux veuves et avais un mot pour chacun, un sourire pour chacune, une confidence pour nous tous, un bonjour pour tous les vivants. Tant pis s'ils ne t'écoutaient pas et te tournaient le dos. Tu disais qu'il faut parler aux hommes comme dans le dos du vent, en retard de vitesse, *"à perte"*, comme dit le poète. *"Tout se perd et rien ne vous touche."* Mais rien n'est absolu, éternel, définitif. Pas même la merde. Et, à force de tourner, il arrive que le vent revienne sur ses pas, ramasse de vieux mots, des consignes d'amour autrefois inaudibles, et tout n'est pas perdu. Tu traînais dans la rue ton sac de paraboles, comme l'autre qui n'en finissait pas de dire à sa mère et à ses amis, à son père adoptif – un brave type, celui-là, quelle modestie faut-il pour prendre pour épouse la mère d'un enfant né comme au passage du vent –, aux ouvriers et aux comptables, aux pêcheurs et aux érudits : *"... en vérité, je vous le dis... "* Toi, tu disais : "Les bulletins de nouvelles c'est de la sauce piquante versée sur le malheur, les infos c'est le pouvoir, inventez des informations à la convenance de vos rêves et vos rêves prendront le pouvoir." Tu avais beau nous dire ces choses, nous exhorter à la méfiance quand nous écoutions la radio, le soir où, en écoutant la station étrangère que la femme du camionneur impose à son mari comme une thérapie conjugale, nous avons entendu qu'un garçon de chez nous s'était jeté du douzième étage d'un immeuble d'une grande ville, que les causes de son suicide n'étaient pas connues, nous avons compris qu'entre deux mensonges, les bulletins de nouvelles nous révélaient parfois de tristes vérités. Nous te croyions ailleurs, donnant la comédie. Et voilà que par la voix du présentateur tu rentrais chez toi, dans notre deux-pièces, comme par effraction, comme la pire des surprises, comme si ton corps s'était brisé là, devant nous, dans la chambre.

Je n'aime pas cette station de nouvelles étrangères. Ni le camionneur. Ni sa femme. Ni leurs jeux. Quand il rentre couvert jusqu'aux cheveux du sable des carrières, avec sa paie du jour dans sa poche, et, dans ses mains, un sac de bonbons d'amidon acheté au carrefour des Quatre-Chemins, elle prétend prendre sur son teeshirt l'odeur d'une autre femme. Et lui de se défendre et de dire que c'est l'odeur de la route, que, comme une femme, la route a son parfum, surtout la nuit. Une odeur de mirage qui envahit le voyageur, se plante sur ses vêtements, le soûle jusqu'au matin. Et tout en mangeant les bonbons, elle lui demande où ça qu'il suit des cours pour apprendre à parler comme un qui a de l'instruction, alors qu'il n'a même pas son certificat d'études primaires, et que son permis de conducteur de poids lourds, il ne l'a obtenu que par magouille vu qu'il n'aurait jamais pu passer l'épreuve écrite. "Quand les pauvres se mettent à avoir de la classe et s'expriment comme des chérubins vivant dans les nuages, c'est qu'ils se laissent atteindre par les vices des riches." Et elle commence à pleurer. Pleure sur la trahison. Sur les routes et les beaux parleurs. Sur le carrefour des Quatre-Chemins que les hommes passent pour changer de destin, en laissant leurs épouses à elles-mêmes. Au diable les voyages! Puis les larmes tournent aux hurlements. Et les bonbons qu'elle mâche, les larmes et les cris, ça fait un drôle de mélange sonore de tristesse et d'avidité. Et il la son sourire. Nous avons fait l'amour trois ou quatre fois, presque sans paroles. Cela lui coûtait d'aller dans ces hôtels minables, de se dévêtir dans une chambre de passage, de m'embrasser et de m'abandonner son corps sans correspondances entre nos aspirations et désirs respectifs. Elle pensait au temps long. Moi, je ne disposais que du temps court de l'étreinte. Mais son abandon était réel et n'avait rien d'une avance sur recettes. Elle donnait. Je ne l'ai jamais vraiment regardée. Nous sommes, elle et moi, situés entre le petit personnel et les hautes instances du journal, au plus bas du milieu. Nous pouvions le temps d'une étreinte nous mettre ensemble sans être ensemble. Ce matin, son sourire était plus beau que mes mots. Tu es venu quelquefois m'attendre à la réception du journal. Tu l'as vue. Mais elle ne fut ni pour toi ni pour moi *"présence qui t'invente"* ou *"absence qui te défigure"*. Je ne peux pas dire pour l'Estropié, qui ne se mêle pas de ces choses-là. Elle n'est pourtant pas moins jolie que toutes tes M. et tes E. Son défaut, c'est d'être réelle. Nous sommes bêtes, Pedro. Bêtes de n'avoir pas eu cette discussion plus tôt. Bêtes de chercher en nous et pour nous projeter des êtres impossibles. Bêtes, parce que ce n'est pas seulement entre le mot et le silence que nous n'avons pas su choisir, c'est surtout entre l'ombre et le destinataire. Je te pleure, Pedro. Peut-être n'es-tu mort que pour des fantômes. Je te pleure en pensant au sourire de Josette que je n'aime pas. Mais j'ai aimé son sourire ce matin. Son sourire n'est pas le bout du monde, mais il existe. Et aucun sourire n'est le bout du monde. L'Estropié est convaincu que la dédicace inachevée est la preuve qu'elle n'existe pas, la femme de ton poème. Je ne sais pas ce qu'il qui a sauté. Et une nouvelle portée de travailleurs délocalisés. Tiens, maintenant on dit portée pour les humains qui perdent leurs emplois, comme pour les truies quand elles mettent bas. Et la trêve tout juste signée qui n'est déjà pas respectée, parce qu'il y a des États plus puissants que d'autres qui savent que si les écrits restent, ce n'est pas pour autant qu'ils disent la vérité. Voilà pour le deuxième segment alors que le couple continue de faire l'amour, fait durer le plaisir, et que, pas loin de la jouissance, la femme continue de crier : "Demain tu me trahiras!" Et nous, on finit par s'endormir d'une seule oreille, avec tous les cauchemars du monde dans l'autre moitié de nos têtes. Et le lendemain matin, c'est le bruit du moteur du camion qui nous réveille. Si fort, le bruit, que l'on se demande si les bombes tombées de la bouche du présentateur tout le long de la nuit ne sont pas venues finir leur course dans ce quartier pourri de Saint-Antoine.

Oui. Ce soir où la station des nouvelles étrangères a annoncé qu'un garçon de chez nous s'était jeté du douzième étage d'un immeuble d'une grande ville, que les causes de son suicide n'étaient pas connues, tandis que le camionneur et sa femme se livraient à leurs jeux, l'Estropié et moi, nous avons regardé le matelas sur lequel tu ne te coucherais jamais plus. Nous l'avions laissé à sa place pour le jour où tu reviendrais. L'autre, quand il revient, il convient qu'il retrouve les choses du cœur à la même place. Comme une preuve qu'il nous a manqué. Ce matelas, tu l'avais acheté dans un bric-à-brac du Poste Marchand, au pied de la colline. Tu l'avais choisi à cause des motifs imprimés sur la toile. De vagues lignes courbes sans qualité auxquelles tu donnais force d'âme, et qui évoquaient selon toi le labyrinthe du destin. Toujours pourri, le destin. À preuve, les trous creusés dans ton matelas fétiche par le temps et les mites. Ce matelas, tu avais grimpé la pente raide de la colline de Saint-Antoine en le portant sur ton dos. Deux gamins faisaient semblant de t'aider, mais se contentaient en réalité de profiter de l'ombre que tu leur offrais. Tu l'avais ensuite posé dans ce coin sombre que tu avais choisi pour en faire ta demeure à côté du lit en fer de l'Estropié. Et, maintenant que tu ne reviendras pas, nous ne l'avons toujours pas bougé, ton symbole mité du destin. Ni recouvert d'un drap. Tu détestais les draps, les enveloppes, les couvertures. Nous le gardons à ta convenance. Et, parfois quand on a trop bu, l'un ou l'autre se jette dessus et joue à être toi. Mais, merde, nous n'avons pas ton talent pour être soi-même et les autres.

Ici, nous t'aurions rattrapé avant que ton corps touche le sol. Ici, on a appris à amortir les chutes. Et puis, où t'aurais trouvé un immeuble de douze étages! Même les banques et ces saletés de compagnies qui détiennent des monopoles n'en construisent pas de si hauts. Ici, on est déjà par terre et personne ne plonge dans le vide. Nous t'aurions rattrapé. Et puis, toi qui parlais tout le temps, tu aurais pu nous dire. Nous t'aurions suivi. Nous aurions monté la garde autour de toi. Comme ce soir où tu es parti en titubant. Nous savions que ce soir-là nous ne devions pas te laisser seul. Ton père t'avait encore traité de honte de la famille. Mais ce n'était pas la honte que tu portais en toi quand tu courais dans les rues en criant : *"Le désespoir est une forme supérieure de la critique."* Seulement la fatigue. D'être toi. D'avoir toujours à te battre. Pour qu'on te voie, t'entende. Tu te rabattais sur le désespoir en le faisant passer pour ton arme absolue, le grand dispositif de ta dernière révolte. Et l'Estropié te disait : "C'est beau, mais c'est une belle connerie. On n'a jamais rien changé avec le désespoir." Et vous vous engueuliez. Et moi, je n'ai jamais su arbitrer. Et qui suis-je pour arbitrer? J'attendais votre décision de changer de ton et la paix venait quand tu allumais une cigarette et proposais à l'Estropié de tirer une bouffée. Et lui disait : "Sale con, tu sais bien que je ne fume pas." Et la paix revenue, nous disions du mal des autres. C'est toujours sur le dos des autres que l'on développe des amitiés. Le truc, c'est de choisir quels autres. Et toi, tu parlais de ton père, des amis de ton père, des belles leçons d'indifférence, des stratégies de fermeture, des barricades qu'ils s'érigeaient pour ne pas se laisser influencer par les malheurs qui ne les concernaient pas directement. Tu imitais leurs voix, leur détachement de beaux messieurs. On tuait des gens dans les rues, mais ces messieurs n'en parlaient pas. Sauf un glissement vite corrigé pour revenir à des sujets plus importants. En fait, les rues entraient très peu dans leurs conversations. Et c'est tard, à quinze ans, que tu as découvert l'existence du dehors. Quand ta mère est morte. En son absence, l'intérieur est devenu tout petit. Ta chambre. La salle à manger. La bibliothèque. Tes sœurs. Et le paternel. Son agence de commerce florissante et ses prouesses économiques qu'il amenait à la maison le vendredi lorsqu'il recevait ses amis. La bande heureuse échangeait des félicitations, et ton père, dans un rare moment de tendresse, te passait la main sur la tête dans l'espérance que tu lui ressemblerais. Comme si l'ennui, les transactions, c'était une affaire de famille appelée à se reproduire à chaque nouvelle génération. Et, l'Estropié et toi, quand vous faisiez la paix, c'était sur le dos de ces messieurs. Vous vous entendiez sur le désastre des gamins qui vivent dans la rue. Et sur plein d'autres choses. Marins du même bord. Mais vous vous engueuliez quand même après avoir cité Éluard : *"Ils vous ont fait payer le pain le*

ciel la terre l'eau le sommeil et la misère de votre vie."
L'Estropié te demandait ce que tu en savais de la
misère, mis à part t'engouffrer chez elle pour jouer
les artistes maudits. Et tu partais, vexé. Mais nous
savions que tu reviendrais. Sauf le soir quand tu es
parti en titubant, en nous refusant le contact de tes
yeux. Comme si, avant même de partir, tu n'étais
plus joignable, accessible. Nous avions senti qu'il fallait te retrouver, et nous avons couru dans les rues,
cherché sur les places, dans le quartier des prostituées. Et nous t'avons trouvé. Et, en te regardant,
nous avons eu très peur. Tu étais penché vers le sol
et tu buvais l'eau de la rigole. Tu as levé la tête vers
nous et tu as dit : "Vous le voyez, le chien ?" Et tu
as lapé comme un chien. Et nous t'avons soulevé du
sol. Toi, moitié homme moitié chien. Et nous aussi,
moitié hommes moitié chiens. Toi, chien perdu.
Nous, chiens fidèles. Nous, tout et n'importe quoi,
pour te ramener à la vie. Et ce soir-là, les infirmières
c'était nous. Les parents c'était nous. Les comédiens
c'était nous. Nous nous sommes demandé comment
tu aurais joué la scène du sauvetage, à quelle ruse tu
aurais eu recours, et nous t'avons dit les choses que
nous croyions utiles, le triomphe de la poésie, *"le
bonheur dans le pré… les rondes autour du monde".*
Et toutes autres paroles adaptées à la circonstance.
Puis, à bout de mots, nous avons gardé le silence en
te versant à boire. L'alcool aidant, tu t'es endormi.
Nous voulions attendre ton réveil, mais, épuisés nous
aussi, nous nous sommes assoupis. Et ta voix nous
a réveillés : *"J'ai mis la voie lactée en vente pour un
peu d'amour mais n'ai point trouvé d'acquéreur nul
ne veut s'embarrasser de trente milliards d'étoiles."* Et,
belle, la voix. On y entendait la lumière des étoiles.

Et tu souriais, comme pour dire : "Pardon les amis. J'ai fait une bêtise. On fait tous des bêtises." Et tu n'étais plus le chien de la veille, mais juste un jeune homme triste cherchant un peu d'amour à prendre et à donner.

Plutôt que de te jeter dans le vide, tu aurais pu rejouer la scène de ce soir-là, nous dire que le chien était revenu, que cela éclatait de l'intérieur, que tu avais besoin de nous pour éviter l'explosion, la défaite, la fin. Nous aurions trouvé une solution. Je dis ça. Mais l'Estropié qui manie mieux les statistiques a sorti celles des révolutions, des prophéties, et celles plus modestes et quotidiennes des grands cœurs aux petits destins, et conclu que c'est avant qu'il faut sauver les gens. Lorsqu'ils ne sont encore que des apprentis chez qui aucun savoir, aucune douleur ne se sont encore installés de manière définitive. Le malheur c'est comme la copie d'un élève qui a mal appris à la base. On peut juste la noter et constater l'échec.

Le soir – je dis le soir, mais le soir pour nous c'est le jour dans ta grande ville ou l'inverse : l'ailleurs commence avec le décalage horaire ; quand le soleil se couche dans ta grande ville, ici commence son règne ; rien n'est violent comme le soleil, un marteau de feu qui tape sur nos crânes et à l'heure où dans les maisonnettes de Peau-Noire les gens s'entassent pour dormir, dans ta grande ville les éboueurs revêtent déjà leurs uniformes ; au dire de l'Estropié, qui ne peut vivre sans statistiques, c'est le soir vers les sept heures qu'on compte le plus grand nombre de suicides, mais s'ils se chiffrent à la même heure les suicidés d'ici ne rattraperont jamais leur retard sur les vôtres – ou le jour où le présentateur des nouvelles étrangères a annoncé que tu t'étais jeté du douzième étage d'un immeuble d'une grande ville, l'Estropié et moi ne pensions pas à toi. Ni aux couleurs claires de l'automne dans les pays dits tempérés. Ni au froid, ni aux feuilles mortes. Ce n'est pas tous les jours que l'on pense aux absents, aux choses éloignées. Il y a des jours coincés, sans vision et sans entregent, où on ne met pas le nez dehors. Je veux dire pas plus loin que le bout de sa rue. Et les seules couleurs que l'on voit sont celles de son soir à soi, de sa grisaille à soi. Il y a des jours sans envergure quand ta vie tourne sur elle-même et t'as pas le cœur à jouer à Vasco de Gama. Des jours chiches sans faire-part quand on se fout des terres lointaines. Le jour (ou le soir) où tu t'es jeté du douzième étage de cet immeuble d'une grande ville, l'Estropié et moi ne pensions pas à toi. Dans son coin de la chambre, l'Estropié arrivait au bout d'une progression arithmétique : combien de mouches en plus pour chaque nouveau-né ? L'Estropié ne peut s'empêcher de vivre avec les nombres. Il compte, calcule, thésaurise ou redistribue les choses qui existent et les choses qui n'existent pas, durables et passagères, fuyantes et palpables : le taux de métaphores sexuelles dans le parler des vendeuses ambulantes de pantalettes* et de salaisons ; les mouches ; les humains ; la part de viande faisandée sur l'étal du boucher ; le débit de la fontaine publique du quartier du Fort-National inversement proportionnel aux besoins de la population ; les grossesses précoces ; les maisonnettes qui s'effondrent et celles qui les remplacent ; les rêves gagnants à la loterie, les plus rares, et les rêves à cinquante-quinze-dix qui ne rapportent rien aux rêveurs et font le paradis des tenanciers de borlette* ; les îles merveilleuses et les petits cimetières, les jours qui fuient et les manques à gagner. Il compte pour tuer le temps. Le jour où tu t'es jeté du douzième étage d'un immeuble d'une grande ville avec six heures d'avance sur notre soir à nous, nous ne pensions pas à toi. L'Estropié se contentait de compter. Pour être honnête, tu le disais toi-même, la pensée ce n'est pas pour nous une activité régulière comme gagner son pain ou se perdre dans le dédale des corridors par voyeurisme ou peut-être pour se rappeler qu'il y a des conditions de vie bien pires que la nôtre. Se promener dans la merde des autres, et puis en sortir, retourner à notre deux-pièces, notre repaire. Comme un espace de transition entre Peau-Noire et une vraie rue. Pas moins puante mais plus large. La pensée ça n'obéit pas comme un chien à l'appel de son maître. Y a des moments où faut faire avec son absence et ne pas se casser la tête à chercher un sens à chaque chose. Il y a des jours sans intellect qui sont assis le cul par terre et se contentent de la routine des besoins ordinaires. Le soir (ou le jour) où tu t'es jeté du douzième étage de cet immeuble d'une grande ville, l'Estropié et moi sacrifiions au rituel des besoins ordinaires. Tout ce que nous pensions, c'était que pour finir la semaine il nous faudrait au moins de quoi nous payer un repas par jour, acheter deux bouteilles de rhum à ne pas consommer à notre vitesse habituelle, prendre un aller-retour dans des tap-tap* pourris jusqu'à la plage la plus proche. La plus proche est bien la plus sale. Notre plage, c'est pas vraiment une plage, juste un coin d'eau au bout de la ville où les paumés vont faire trempette, mouiller leurs corps cassés et nager dans une parodie. Et puis la mer, c'est comme le reste. On ne prend jamais que celle qu'on peut. Si on ne peut pas se payer les vagues bleues d'un hôtel de plage et le 4×4 qui va avec pour jouir de la route en famille, on fait le trajet en tap-tap. On se colle à la sueur des autres passagers. On descend à l'arrêt qui donne sur la décharge. On marche vers la rive sans prêter attention aux odeurs et aux parasites. Quand on arrive au bout, on enlève ses vêtements et on les pose sur une pierre. Puis on entre dans l'eau les mains devant pour écarter les bouteilles de plastique et les pelures de bananes. Et on se dit : c'est pas la Côte d'Azur ni Maracaibo, mais c'est quand même la mer. Et, tu le sais, l'Estropié ne laisse jamais passer un mois sans prendre un bain de mer. Il ne nage pas. Aucun fils d'ouvrier né dans le dos de Saint-Antoine, dans la zone dite Peau-Noire, près du Fort-National, n'a appris à nager. Mais la mer, c'est la seule terre sur laquelle il parvient à marcher sans sa canne et oublier qu'il a une jambe plus courte que l'autre. Oui, le jour où tu t'es jeté du douzième étage de cet immeuble d'une grande ville l'Estropié et moi nous étions occupés à faire nos calculs de parias : le riz, le rhum, la décharge, des cigarettes au détail et quelques pièces en plus, de la petite monnaie pour la folle et les enfants abandonnés qui ne manqueraient pas de nous solliciter. La folle, personne n'est capable de percer le mystère de ses pensées. Selon la légende, cela a commencé dans son enfance, cet art de parler de trop de choses en même temps, d'associer les contraires : le jour et la nuit, l'arrêt et le mouvement, les voitures qui passent et les vies immobiles, la louange, l'injure, l'infâme et le sacré, les "je t'aime" et les "va-t'faire-foutre", dans une seule et même phrase qui commence par des cris pour s'achever dans le murmure. Mais tu connaissais mieux la folle que nous. Tu étais le seul qu'elle accueillait dans son langage. Elle a construit seule son système, et les exorcistes les plus craints et les psys les plus érudits ont dû abandonner l'idée de faire du tourisme dans sa tête. Sa tête, une île sans concession à l'arrogance des voyageurs, qui ne dévoile pas ses secrets. Elle était déjà là, fidèle à son poste, tantôt debout au milieu de la rue, tantôt en faction dans un coin, ombre immobile, attendant de bondir et de cracher ses mots aux visages des passants, quand j'ai hérité du deux-pièces, après l'accident qui a tué mes parents. Elle était là le jour de l'accident, avec les mêmes gestes et les mêmes vêtements. Lorsqu'elle a faim, elle tend la main et on y pose une pièce ou un morceau de pain. Si on ne lui donne rien, elle retire sa main et retourne à son monologue. Toi, tu avais posé tes lèvres dans sa paume et elle était sortie de sa chanson secrète et de ses cris de guerre pour te dire son prénom : Islande. Une fois, le temps de quelques mots, tu l'avais ramenée à la conversation. Le soir d'automne où tu t'es jeté du douzième étage de cette grande ville, elle ne souriait pas. Les gamins qui d'habitude n'ont peur de rien évitaient son regard, ils rôdaient autour de la maison sans oser nous aborder, à croire qu'ils savent quand nos poches sont bourrées et quand l'argent nous manque. Tu t'en souviens ? Ils nous appellent des riches fauchés, à cause des photos de famille que tu avais amenées un jour, celles, en noir et blanc, sur lesquelles on voit ta mère assise en jeune fille modèle, les mains sagement posées sur sa robe, et tes grands-parents protecteurs et sévères debout en arrière-garde, une maison avec une cour et un jardin, de vieilles photos d'avant ta venue au monde et puis d'autres plus récentes, avec beaucoup de couleurs, sur lesquelles on te voyait toi et tes sœurs, toi sur un vélo portant un chapeau de cow-boy et brandissant une hache indienne, comme si depuis l'enfance tu avais besoin d'être deux personnes en même temps. Rappelle-toi, nous les avions montrées aux enfants du quartier, pour rire, pour poser une énigme en leur demandant lequel de nous c'était, parce qu'aucun de nous trois ne ressemble à son enfance. Ils t'ont reconnu. Ils nous ont fait de beaux sourires avec leurs dents gâtées. Puis ils nous ont réclamé de l'argent, "parce que vous êtes des riches fauchés, mais des riches quand même. Seuls les riches possèdent une famille et des photos pour le prouver qui remontent jusqu'aux grands-parents, et des jouets quand ils étaient petits. Seuls les riches possèdent des livres en quantité et passent des nuits entières à discuter de leur contenu entre copains. Et enfin seuls les riches habitent une maison avec une façade qui donne sur une vraie rue. Les pauvres, ils ont le droit de vivre dans la rue ou dorment dans des maison- nettes qui poussent sur les sentiers comme des herbes folles, grimpent les unes sur le dos des autres, trem- blantes mais solidaires, s'accrochent, tombent, se relèvent, pansent leurs blessures comme elles peuvent avec de la chaux et du mastic, ou vivent avec leurs plaies ouvertes, s'appuient de nouveau les unes sur les autres, je te tiens tu me tiens, ne laissent pas de place au secret, se conduisent mal, glissent et sau- tillent comme des enfants qui ne se fatiguent jamais de jouer à saute-mouton, mais elles connaissent leurs limites, les barrières à ne pas franchir, elles se tiennent toujours derrière et ne changent jamais de quartier, ne donnent pas sur une grande rue. Vous êtes des riches fauchés, sympas parce que toujours fauchés". Ils se trompent, les gosses, même s'ils sont devenus, à force de chercher à comprendre pour mieux se débrouiller, bien meilleurs sociologues que les doctes. Je n'ai qu'une photo de mes parents. Je l'ai décro- chée après leur décès. Elle est dans la malle avec les titres de propriété de notre logis. Des papiers qui ne servent à rien. Le bateau, il est à nous trois. À nous deux, maintenant que tu n'es plus là. Cela n'avait nulle importance, lequel l'avait pris le premier, lequel était le *"capitaine, mon capitaine…"* Nous étions trois marins sans titres ni hiérarchie. Nous ne venions pas de la même enfance. Tu arrivais de loin avec tes photos. L'enfance de l'Estropié n'a pas eu droit aux photos. Ni aux jouets. La mienne ne fut pas sans cadeaux, mais c'étaient des urgences, du strict minimum que mes parents avaient fait patienter jusqu'à Noël, pour donner un air de fantaisie à une paire de chaussures neuves, un cahier, un cartable. Contrairement à toi, nous étions nés fauchés. Moi quelque part entre les gamins et toi. Entre les corridors et les notables. L'Estropié, à Peau-Noire. Il a un peu bougé. Des corridors à la façade. Toi, tu as traversé la ville pour venir jusqu'à nous. Quelques jours après ta mort, rien n'a changé dans nos vies et dans le quartier. Sauf qu'il ne reste plus que deux faux riches fauchés. La mort ne commence rien, à part ce sentiment de perte qui habite nos insomnies. Ce n'est pas parce que tu es mort que les choses se mettraient soudain à changer. Comme avant, le camionneur et sa femme se jouent la même pièce, et la station de radio des nouvelles étrangères qui nous arrive par satellite fait le compte des morts, soit qu'un enfant fou se soit mis à tirer sur tout le monde, soit qu'une guerre ait fait des petits, traversé un fleuve ou une frontière, pour élargir son territoire. *"Il y a toujours une guerre quelque part, comme une esthétique de la politique"*, tu répétais souvent la phrase du poète, en écoutant les nouvelles le soir. Ce qui a changé : nous sommes un peu moins pauvres qu'avant. Lorsqu'à la fin du mois la direction du collège où il enseigne les maths lui demandera de patienter encore quelques jours pour toucher son salaire, vu que les recettes sont maigres, que les élèves ne paient pas, qu'on a beau envoyer des notes de rappel aux parents, l'Estropié ne sera pas obligé d'aller, plus boiteux que les jours fastes, vendre à une librairie du soleil* un titre de sa collection de poésie, que le brocanteur lui gardera précieusement, sachant que dès que possible, il viendra le lui racheter en payant le double de son prix de vente. Ce qui n'a pas changé : comme avant, la mort fait quelquefois la grève, les vieux notables traînent la patte, refusent de mourir en quantité suffisante, la nécrologie ne nourrit pas son homme, ce que je ramène du journal nous aide juste à tenir la semaine. Mais je ne me plains pas. Ta mort ne nous laisse pas pauvres. Il y a beaucoup de choses qui restent comme avant, d'autres qui ont bougé. Comme avant, le désespoir nous a encore conduits chez Madame Armand, et elle continue de dire : "Moi je n'aime rien", mais elle est moins crédible. Voilà une chose qui a changé : Madame Armand n'est plus tout à fait Madame Armand. Autre changement : quand nous n'avons pas de pièces à donner aux gamins, plus personne n'est là pour offrir à leur faim un spectacle gratuit. Les gamins, tu te rappelles, quand nous n'avions pas de pièces à leur donner, tu créais un spectacle rien que pour eux. Toi, debout devant la porte d'entrée au haut de l'escalier. Eux s'asseyaient sur les marches et te regardaient imiter le président, le curé de l'église de Saint-Antoine, Jésus, le coiffeur édenté qui postillonne au visage des rares clients qui fréquentent encore son officine, le camionneur… L'imitation servait de prélude. Tu leur jouais ensuite des personnages de théâtre ou de roman, pour les dépayser. Quand tu jouais tu pouvais être le monde entier et tu faisais voyager jusqu'à leur coin de rue David et Goliath, Javert et Jean Valjean, Don Juan et Cyrano, Brutus et Antigone, le roi Lear et le docteur Faust. Pour les gamins plus sociologues que les doctes, des trois riches fauchés du quartier de Saint-Antoine, tu étais le plus fauché et le plus généreux. Tu leur donnais du rire et des mots. Ils oubliaient les noms des personnages, se foutaient pas mal des intrigues toujours trop compliquées, des drames et des quiproquos. Tel policier s'acharnant à persécuter tel homme qui finalement n'était pas plus méchant que les autres. Telle belle jeune femme, aux manières un peu ridicules, n'arrivant pas à reconnaître l'homme qui l'aimait vraiment. Tel roi vaniteux ne sachant choisir entre ses fils le plus apte à diriger. Toutes ces souffrances à cause d'un nez, d'un mouchoir, ou de la maladie du pouvoir… Toutes ces bêtises qui contrariaient l'amour. Des emmerdes inutiles et l'incapacité de produire du bonheur, quand la vie gagnerait à être une chose simple. Ils s'énervaient de voir que le monde des livres et les personnages de théâtre imitaient la vraie vie dans la course au malheur. Mais des phrases leur restaient en mémoire, qui leur semblaient recouvrir un mystère. Ils en appréciaient les sonorités, les sortaient de leur contexte pour leur donner une valeur autonome, les échangeaient entre eux comme des choses précieuses : *"Vous m'ennuyez, tuez-moi plutôt"*, *"Excusez ma douleur, cette image cruelle sera pour moi de pleurs une source éternelle"*, jetées comme ça entre deux claques dans le dos pour se dire bonjour, ou deux blagues grivoises trop sexuées pour leur âge, au milieu d'une partie de foot, à l'occasion d'un but, avant de partir au combat contre une bande rivale. Depuis que tu es mort, ils nous sollicitent moins. Ces derniers jours, ils ne sont venus que trois fois. Comme si, pour eux, le plus important n'était pas forcément les pièces. Ils nous ont demandé où auraient lieu les funérailles et l'Estropié leur a expliqué que le corps, ce qu'il en restait, avait été incinéré dans la grande ville où "ça" s'était passé. Les gamins ont protesté en clamant qu'un ami mort, on doit le voir une dernière fois dans sa vérité de cadavre avant de le laisser partir pour le vide ou l'éternité. Eux-mêmes souhaitent aller à l'étranger, gagner beaucoup d'argent et mener la belle vie, mais ils penseront à laisser un peu d'argent de côté pour qu'une bonne âme ramène leur corps au pays, au cas où la mort viendrait les prendre par surprise. Que leurs vieux amis les voient dans leurs vêtements d'adieu et le visage serein, comme quelqu'un qui a bien vécu et s'en va sans regrets. Pour les consoler, l'Estropié leur a fait des calculs de probabilité : un homme qui tombe face à terre en plongeant du douzième étage, plus il s'approche du bitume, plus le corps prend de la vitesse, et quand il s'écrase sur l'asphalte tout se disloque à l'intérieur, implose, s'amalgame, il se transforme en bouillabaisse. À l'extérieur, ce n'est pas mieux. En lambeaux, la peau s'enfonce dans le sol, vers l'avant, pour moitié. L'autre moitié s'accroche aux os et aux vêtements, se déchiquette vers l'arrière. Un corps qui plonge dans le sol n'est plus un corps à l'arrivée. Un homme qui tombe de si haut est une défaite sans visage, un mort sans traits, une défigure, et il ne reste rien à montrer.

Le soir où la voix du présentateur des nouvelles étrangères a ramené ta mort dans notre chambre, après avoir entendu la nouvelle, l'Estropié et moi ne savions que faire ni où aller. Que faire? Il n'y a rien à faire. La mort, c'est pas une chose contre laquelle tu peux entrer dans la résistance, comme lorsque tu habites un pays occupé, à défaut de canon tu lances des pierres à l'occupant, tu taquines ton bourreau pour essayer de donner un sens à ta misérable présence. Quand une défaite te laisse en vie, tu peux toujours simuler, fanfaronner, te prendre pour un autre, même si t'es seul à regarder dans ton miroir et à avaler tes propres mensonges. Tu peux te dire: "Un jour, je rendrai les coups." Tout en sachant que ce n'est pas vrai, que t'as pas plus de révolte en toi qu'un vieux chien dont l'identité consiste à lécher ses blessures. Tu peux te dire: c'est vrai, *Entre le sommeil et le songe / Entre moi et ce qui en moi / Est l'être que je me suppose / Coule un fleuve sans fin*", mais demain j'accomplirai une mission, demain j'adviendrai, comme une ère ou un nouveau règne. Mais, devant la mort, que faire? *"Il n'y a plus d'après"*, comme dans la chanson. Ah, vieilles chansons des vieilles villes... *"Adieu madras adieu foulards adieu grain d'or adieu collier chou doudou an mwen ki ka pati elas elas se pou toujou.*" Tu portais dans ta voix la mélancolie des vieilles pierres, tous les hier du monde. *"Marinella, reste encore dans mes bras / Avec toi je veux jusqu'au jour danser cette rumba d'amour"* : tu chantais ça, assis tout seul sur le parvis de l'église de Saint-Antoine, quand même les prostituées étaient rentrées chez elles et qu'aucune femme ne passait. C'est même là que l'Estropié et moi avons fait ta connaissance un soir que nous revenions d'une séance de cinéma. Nous avions nos habitudes. Le jeudi, nous descendions ensemble jusqu'au Champ-de-Mars, dans le quartier des salles de spectacle. L'Estropié entrait dans une salle spécialisée dans la projection des films pornos. Même qu'un soir, alors qu'il entrait dans la salle, des élèves l'avaient reconnu dans le noir à cause de sa canne et de sa démarche. Et le lendemain, ils lui avaient donné des nus tirés de vieilles revues à la place de leurs copies. Et lui, sans sourire, avait noté toutes les photos. Les élèves en ont conclu qu'il ne lui manquait pas qu'une longueur à sa jambe, mais qu'il avait aussi le cerveau fêlé. Moi, le porno comblait mal mes désirs d'épopée. J'allais voir autre chose, de préférence un film de kung-fu parlant chinois, sous-titré en anglais, dans lequel après un dur apprentissage auprès d'un vieux sage exigeant, le héros affrontait des maîtres dévoués à la cause du mal, se faisait rouer de coups, était donné pour mort, renaissait à la vie par sa croyance dans le bien, et finissait par vaincre ces hommes ennemis de l'homme. Ça me changeait de la réalité. Déjà, à l'époque, c'étaient les seules histoires s'achevant sur la victoire du bien. Et je pouvais faire l'économie des dialogues et me concentrer sur les scènes de combat, d'autant que d'autres amateurs du genre qui connaissaient le film par cœur récitaient les répliques avec l'accent créole. Le soir où nous t'avons vu assis sur les marches de l'église de Saint-Antoine, le héros de mon film était mort à la fin. Il avait sacrifié sa vie à la cause de la justice en affrontant un grand maître de la technique de la main blanche. Un génie du mal qui alliait à sa grande technique la ruse du poison et la puissance de la magie. Comme toutes les figures du bien, le héros avait suivi les règles, mené un combat propre. Rusé comme le diable, le vieux maître avait triché. Vaincu, il avait eu recours à une fléchette empoisonnée. Match nul dans la mort. Cela m'avait contrarié de les voir couchés côte à côte, le bien et le mal réunis dans la mort, mis à égalité. Et la jeune fille admiratrice et amoureuse du héros pleurant avant le générique. J'étais triste pour elle. Pour moi. Pour les autres spectateurs qui gueulaient, récrivaient le scénario, changeaient la fin du film, pour sauver leur argent, leur loisir : on ne va pas au cinéma pour s'enfoncer dans la déprime. L'Estropié, quant à lui, avait revu un classique du X qui repassait souvent sur demande générale des spécialistes du genre. La bande vieillissait mal. Il avait compté sept coupures au milieu des scènes de nu et conclu que la mauvaise qualité de la bobine détruisait la magie du sexe. Même au cinéma, où l'on pourrait penser que, fixées par la pellicule, les choses vont garder une éternelle jeunesse, avec le temps les performances se dégradent. La dernière fois qu'il avait vu le film, un mois auparavant, l'Estropié n'avait compté que cinq coupures, et on pouvait encore y croire. Déçus, nous remontions vers Saint-Antoine en parlant de la fragilité des choses humaines et matérielles, des films de série B, des morts anonymes qui constituent mon gagne-pain, des "nous annonçons avec infiniment de peine…" que je passe ma vie à écrire, des copies qu'il devait rendre le lendemain, certain que la meilleure note ne dépasserait pas la moyenne : les élèves étant tellement dans le manque que les nombres leur filent devant les yeux comme des abstractions qui ne ramènent à rien. Leurs calculs sont tout simples : "Foutre, merde, monsieur le professeur, rien plus rien, cela ne fera jamais que rien. Et puis, pourquoi apprendre quoi que ce soit ? Le pouvoir, c'est le savoir, l'armée, la drogue, la magouille, et des travailleurs qui te disent oui patron, OK patron, à vos ordres, mon commandant !" Nous grimpions la colline en devisant sur tout et rien. Et toi, tu chantonnais, assis sur le parvis de l'église. En nous voyant, tu as arrêté de chanter, tu as ôté ton chapeau pour nous faire une courbette et tu nous as lancé un vers de Baudelaire : *"Homme libre, toujours tu chériras la mer…"* Et dans la nuit, devant l'église de Saint-Antoine, cela sonnait comme une menace ou un mot de passe. La mer, on ne la voit pas du parvis de l'église. On ne voit que les toits des immeubles du centre-ville et la cime des quelques arbres qui tiennent encore debout malgré la bêtise des hommes et la violence des éléments, dans cette ville à la fois sécheresse et marécage. L'Estropié a continué : *"… la mer est ton miroir."* Tout le temps que tu auras vécu avec nous, vous passiez des heures à vous engueuler. Mais c'est lui qui t'a répondu le premier. C'est lui qui a trouvé la clé, le mot de passe pour que tu deviennes l'un des nôtres. Heureux de rencontrer des gens qui partageaient ta manie de voir la mer où elle n'était pas, tu as cité Carl Brouard : *"Écoutez compagnons, je vais vous dire des choses."* Tu as pris ta diacoute* et ton chapeau de paille, et tu nous as suivis jusqu'au deux-pièces. Nous avons traversé le salon-salle à manger, nous sommes entrés dans la pièce du fond. L'Estropié s'est mis sur son lit en fer, moi sur mon matelas, et toi tu t'es assis sur le sol et, oubliant la citation, nous avons gardé le silence. Tu ne nous as pas dit que tu n'avais pas où dormir. Et je ne t'ai pas dit que tu pouvais loger avec nous. Tu ne nous as pas dit que c'était ta énième querelle avec ton père, qu'il avait crié que deux coqs ne peuvent pas loger dans une même basse-cour, que tu en avais marre de ces phrases toutes faites, de ces principes fondamentaux de l'acclimatation, du "j'obéis aux ordres" qu'il te crachait au quotidien, et que tu n'avais rien d'un coq, ce que les femmes ne man-quaient pas de te rappeler quand tu les suivais de trop près. Tu ne nous as pas dit quelle femme tu pleurais ce soir-là. Et l'Estropié ne t'a pas dit que les femmes, il ne les cherchait plus, ne les avait jamais cherchées qu'au cinéma, le jeudi. Et je ne t'ai pas dit que je sortais quelquefois avec Josette, la réception-niste du journal, que cela finissait mal à chaque fois, et que j'avais un peu honte de prendre sans donner en retour, à cause d'une union que je ne pouvais promettre et qu'elle se croyait obligée de demander alors que nous ne sommes pas amoureux l'un de l'autre et ne partageons ni les mêmes goûts ni les mêmes idées. Je ne t'ai pas rapporté ses paroles judi-cieuses : "Je ne te demande pas de m'aimer. Un mariage d'amour, c'est une folle espérance pour une réceptionniste ni trop jolie ni trop instruite, dans un monde où l'on n'aime que l'inaccessible. Je te demande juste d'unir nos deux vies difficiles pour faire front contre le mauvais sort." Je ne t'ai pas dit que Josette, elle est plus jolie qu'elle ne le croit. L'Estropié ne t'a pas dit que la beauté, la pas-beauté, c'est établi statistiquement, tout cela se joue dans la tête. Et tu ne nous as pas dit que la mort de ta mère avait tout changé dans ta vie, que tu ne te sentais pas fait pour la vie d'adulte à laquelle te préparait ton père, que tu préférais les rues aux intérieurs, les rengaines vieillottes et fleur bleue au code du commerce. Pour tout intérieur, il te suffisait d'un lieu où te poser la nuit. Une halte de quelques heures, pour répondre au matin à l'appel de la rue. Toi, tu étais né dans une vraie maison, et tu venais dans notre deux-pièces chercher la rue qui te manquait. Et l'Estropié ne t'a pas dit la folie de ton entreprise, mais bienvenue quand même. Et je ne t'ai pas dit que tu pouvais dormir chez nous, t'en aller, revenir, nous parler des femmes que tu aimais, des femmes qui ne t'aimaient pas, pleurer, te taire, crier, aboyer, casser les murs, te déchirer le corps, comme tu le faisais quand mutilé à l'intérieur tu voulais que les plaies remontent à la surface. Ces choses-là ne se disent pas, en tout cas pas le premier soir. Il faut du temps, la certitude qu'on peut partager le silence avant de se mettre à parler. Un deuxième. Un troisième soir. Une bouteille qu'on a vidée. Et la tête qui tourne. Un balancement contagieux faisant que la maison tangue, ondule, soit près de chavirer. Le sentiment soudain qu'on marche sur des vagues. Le premier soir, on ne t'a rien dit, l'Estropié et moi. Mais tu as coupé court à l'épreuve du silence. Tu t'es mis à parler. De la vie. Avec des commentaires sur ses mauvais côtés. Le premier soir, tu as parlé du général. On commence par le général pour atteindre le particulier. Le deuxième soir, nous t'avons écouté déblatérer sur les agents de commerce. L'Estropié n'a pas dit que son père à lui, ses enfants l'appelaient *Méchant*. Qu'il y avait des douleurs plus grandes que les tiennes. Ces choses-là ne se disent pas. En tout cas, pas le premier soir. Ni le deuxième. Tu y allais trop vite. Mais c'était ça, Pedro. Tu allais vers les autres plus vite que les autres. Et quand on choisit un ami, on choisit aussi ses faiblesses. L'Estropié et moi nous sommes adaptés à ton rythme. *"Homme libre, toujours tu chériras la mer…"* Le deux-pièces, c'était notre bateau. Tu es monté dans le bateau et, le troisième soir, avant de vider la bouteille nous tanguions déjà tous les trois. La mer, ça épuise. Tu t'es couché à même le sol et tu t'es endormi. Le quatrième jour, tu as acheté le matelas, tu l'as porté sur ton dos et tu l'as posé dans le coin le moins éclairé de la chambre à côté du lit en fer de l'Estropié. Pendant la journée, tu errais, partais à la découverte de nouveaux quartiers. Ou tu travaillais avec tes camarades de scène. Quand il y avait une pièce qui te plaisait. Et le soir, tu prenais ta place dans le bateau. Avant de rentrer te coucher, tu rendais visite au saint et interpellais les passantes invisibles avec les mots d'amour des autres, des rengaines passées de mode sur lesquelles, à d'autres époques, des gens avaient dû pleurer ou danser. *"Adieu foulards, adieu madras…"* Tu les aimais, les vieilles chansons, les petits bals et les rencontres fortuites dans des villes imaginées. Le soir où le présentateur des nouvelles étrangères nous a appris que tu ne chanterais jamais plus, que tu ne réciterais jamais plus de poèmes, que ta voix entrait désormais dans la liste des souvenirs, et où personne, ni ton père, une voix sage aux accents réalistes, ni les officiels du conservatisme qui t'accusaient de scandale sur la voie publique, ni les femmes auxquelles tu murmurais *"Vous qui passez sans me voir"*, ne viendrait plus te sanctionner ou te narguer pour délit de mélancolie, l'Estropié et moi, nous sommes restés à contempler le matelas. Ton vieux tas de coton mité qui nous reste comme unique symbole de ton passage. Et le deux-pièces n'avait plus rien d'un bateau. C'était juste une demeure un peu délabrée, construite par un couple de petits fonctionnaires décédés dans un accident. Ils rêvaient de l'agrandir, pour leur fils. Peut-être la mort subite les avait-elle sauvés de la désillusion qu'amènerait la vieillesse. Avec leurs salaires d'honnêtes gens, jamais ils n'auraient eu les moyens d'y ajouter les pièces manquantes : une chambre, une vraie salle de bains. Rien que le minimum. Quand tu es mort, le deux-pièces était devenu ce qu'il avait été, le rêve inachevé d'un couple comme les autres, où, à défaut de rêver d'avenir, des jeunes gens désœuvrés transformaient le présent en rêves. La dernière fois que nous l'avions repeint, à chacun son tour de pinceau, tu avais jeté de la peinture sur les livres de l'Estropié, sur le petit chien de porcelaine que mon père avait acheté à ma mère le jour de son anniversaire l'année de leur décès, sur tout ce qui ne demandait pas à être peint. Nous avons ri de ta maladresse et décidé qu'il fallait jeter du rhum sur la peinture, la barbouiller d'alcool pour la faire disparaître. Le rhum, nous l'avons bu. La peinture est restée sur les livres et le bibelot, mais le bateau deux-pièces continuait de tanguer. Et nous riions.

Le soir où tu t'es jeté d'une merde d'immeuble de douze étages dans une ville étrangère, nous sommes restés sans rien dire, le deux-pièces n'ayant rien d'un bateau. Puis, sans parler, l'Estropié a pris sa canne, il a fait un pas avec sa jambe la plus courte en s'appuyant sur la canne, et le reste a suivi. Nous sommes descendus dans la rue. J'ai acheté une cigarette à la vendeuse au détail sans lui dire qu'elle n'aurait désormais plus personne pour l'aider à sourire. Nous avons marché sans lancer nos saluts habituels à Islande et aux enfants. Et, faut bien aller quelque part, faire semblant de bouger. Sans penser, nos pieds ont choisi un lieu où ne règnent pas les faux-semblants, la maison la moins accueillante pour les pleurs et les jérémiades, le no man's land des confidences. Nos pas nous ont conduits chez Madame Armand. Nous avons frappé à la porte en métal, et Laurette est venue nous ouvrir. Nous l'avons entendue bouger les chaînes et la barre de fer. Le visage fatigué mais le pas robuste, sèche et sans expression, comme à son ordinaire, elle nous a fait monter sans nous dire qu'il était tard, "C'est fini, les visites, vous repasserez demain", des paroles qu'elle adressait couramment aux clients qui amenaient leurs gueules de désespoir la nuit tombée et pleuraient, en frappant à la porte d'entrée, sur la maladie d'un enfant, une menace de mort sur la tête d'un être cher, une entreprise, une relation, quelque chose valant la peine d'être préservé et nécessitant un emprunt. Et Laurette, imperturbable, le visage plus fermé que les lois du Seigneur, le corps sec et les bras musclés, la plus étrange des forces tranquilles, répondait : "La patronne, elle dort." Les usurières aussi ont besoin de sommeil, et passé dix-neuf heures, Madame Armand ne recevait personne. Laurette nous a ouvert la porte. Comme la première fois. La première fois, tu te souviens, comédien de la vie errante, tu avais loué la boîte et les accessoires d'un cireur de bottes. À ton réveil tu avais dit : "Aujourd'hui, je nettoie les chaussures." Tu pouvais habiter comme ça n'importe quel métier : facteur, démarcheur d'assurances et de produits pharmaceutiques, inspecteur du service du bien-être social auprès des parents traitant mal leurs enfants. Un jour, tu t'étais habillé en fonctionnaire, et tu avais menacé une mère qui avait brûlé les cuisses de sa fille avec un fer à repasser parce que l'adolescente avait "levé la jambe pour faire ça avec un jeune homme", de lui enlever l'enfant si jamais elle recommençait. Elle t'avait cru et n'a jamais plus exercé de violence contre sa fille. Tu pouvais choisir une fonction sociale ou un corps de métier. Tu jouais à merveille, et tu trompais tout le monde. La première fois que nous sommes entrés chez Madame Armand, tu avais étonné un cireur de bottes en le payant pour qu'il te prête ses accessoires de travail. L'Estropié et moi, nous avions servi de caution en lui assurant qu'il pouvait venir les récupérer dans notre deux-pièces à Saint-Antoine. Et le pacte conclu, tu as fait sonner la clochette dans les rues de la ville, comme si tu n'avais fait que ça durant toute ta vie. Et tous : les écolières en uniforme qui avaient fait un long trajet à pied et voulaient cacher à leurs camarades la tristesse et la poussière de la distance parcourue d'une demeure improbable à l'entrée du lycée ; les fonctionnaires qui ne voulaient pas être grondés par leurs chefs de service pour négligence vestimentaire ; les malades de la propreté, ni écoliers, ni fonctionnaires, qui se disaient que ce n'est pas parce qu'ils n'avaient pas grand-chose à se mettre dans le ventre qu'on devait le voir sur leurs chaussures ou leur visage (pour les pauvres qui déambulent dans les rues sans savoir où ils vont, en misant sur la chance, les chaussures et le visage, c'est pareil. S'ils sont sales c'est que t'as tiré ta mauvaise carte de visite, les gens t'évitent en sachant bien que quand tu leur adresses la parole c'est pour leur demander quelque chose. Tu perds l'effet de surprise qui convoque quelquefois la générosité) ; tous, ce matin-là, faisaient appel à toi. En te payant, les uns ne voulaient pas que leurs mains frôlent les tiennes, les autres ne te répondaient pas quand tu leur demandais quelle était la dernière fois qu'ils avaient vu un arc-en-ciel, discuté un peu avec lui sur le langage des couleurs. Un cireur de bottes ambulant, ça nettoie les chaussures et ça ne parle pas. Surtout pas de l'arc-en-ciel. Un cireur ambulant, c'est une sorte de saleté qui vend de la propreté et ne pose pas de questions : nettoie-moi mes chaussures et ni vu ni connu. Ils croyaient être tombés sur un cireur timbré. Personne ne se doutait de la supercherie. Ils te demandaient juste d'exercer ton métier et de fermer ta gueule. Dans le fond, il n'y avait pas de supercherie, tu leur avais vraiment nettoyé leurs chaussures, et les pièces, tu les avais remises dans la soirée au cireur. Nous te suivions. L'Estropié pestait parce qu'il se voyait sur le point de perdre son pari que quelqu'un allait te démasquer, sentir l'école dans tes manières, reconnaître le comédien qui commençait à se faire un nom ou le fils de l'agent de commerce, deviner la tendresse maternelle ayant bercé ta petite enfance, les lectures, les bonnes notes au collège avant que tu ne commences à boire et à déambuler dans les rues. Mais les gens, lorsqu'ils sont pressés, ils ne regardent pas les autres. Ils ne regardent que leurs chaussures : un coup de brosse par-ci ; ajoutez du cirage par-là. Sept paires, ce matin-là. Sept personnes aussi dupes qu'indifférentes que tu avais su tromper avant que Laurette ne vienne t'indiquer la fenêtre du premier étage de la grande maison jaune de Madame Armand en te disant que sa patronne te demandait de monter. Tu as levé la tête et Laurette a ajouté que tu pouvais monter avec tes amis. Nous avons levé la tête nous aussi, surpris d'être ainsi démasqués. Nous avons vu le visage fermé, le visage en "je n'aime rien" de Madame Armand. Nous craignions d'avoir affaire à une connaissance de ta famille, une de ces machines à conseils et remontrances que nous croisions parfois dans nos déambulations, et qui nous adressaient des regards assassins, à l'Estropié et à moi, les deux bons à rien qui t'avaient conduit loin du droit chemin. Inquiets, sur la défensive, nous t'avons suivi qui suivais Laurette. Elle a ouvert la porte en fer, attendu que nous soyons tous à l'intérieur pour la refermer avec une grosse clé. Nous avons traversé le rez-de-chaussée où il faisait très sombre, et nous avions du mal à circuler entre les objets : un piano à queue, de vieux

meubles, des tableaux de valeur, des malles remplies
de bijoux, des caisses d'argenterie fine, des classeurs
contenant plus de documents qu'une étude de
notaire… Nous avions un peu peur dans ce capharnaüm où Madame Armand ne descend jamais à cause
de son poids qui lui interdit d'aller et venir dans sa
propre maison et la condamne à regarder la vie depuis
sa fenêtre. Tu te souviens, la première fois, nous ne
savions pas que Madame Armand, elle est plus riche
qu'une fondation. Le jour, Madame Armand, c'est
une grosse fondation toujours assise à la fenêtre du
premier étage de sa grande maison jaune. Le soir,
elle ferme la fenêtre et joue aux cartes avec Laurette.
Tu te souviens, la première fois, nous ne le savions
pas encore. Nous sommes montés, l'Estropié et moi
nous tenant derrière toi, nous cachant un peu, et
tous les trois nous avons regardé cette immense chose
assise dans un fauteuil fait sur mesure en nous
demandant comment la nature a-t-elle pu mettre
autant de chair sur un seul corps. Elle ne nous a pas
regardés. Elle a parlé comme si elle s'adressait à
quelqu'un dans ton dos. Et elle a dit à cette personne
que nous ne voyions pas : "Moi, tu sais, je n'aime
rien." Et elle a débité son savoir sur le monde, sur
le vice et la méchanceté. Les objets accumulés dans
son rez-de-chaussée, ce n'est pas seulement une
immense fortune, plus d'argent qu'une femme n'en
peut dépenser durant toute une vie. C'est aussi une
bibliothèque, un musée des horreurs, toutes les
preuves de leurs défauts et appétits laissées par ses
clients. "Les gens, ils ont tout faux et ils font dans
le faux. Il n'y a d'aimable que le vrai. Et dis-moi,
petit, où est-ce que ça se trouve en ce monde, le
vrai ?" Tu as voulu répondre, mais Madame Armand,

quand elle parle, elle ne te laisse jamais le temps de la réponse, parce que ce que disent les gens qui viennent chez elle lui emprunter de l'argent, mis à part le montant, les gages et les traites, elle n'y accorde nulle importance : "Dis-moi juste combien il te faut. Le reste, les causes et motifs, les pourquoi, les parce que, inductions, déductions, garde-le pour les imbéciles. Épargne-moi les exposés. Indique-moi juste le montant." Avec Madame Armand, on peut faire des tonnes d'économie de salive. "Moi, je n'aime rien. Alors pas besoin d'essayer de te rendre sympathique." Et la phrase commencée te reste dans la gorge, coupée en deux. La moitié que t'as avalée te descend jusqu'à l'estomac et pèse une masse, comme la honte.

Le soir de ta mort, nous sommes allés chez elle. Laurette nous a ouvert la porte sans comprendre ce qui nous amenait. Comme la première fois elle n'avait pas compris pourquoi sa patronne lui demandait d'inviter le cireur à prendre un café avec elle. Mais Laurette ne discute jamais les ordres de Madame Armand. Le soir de ta mort, elle nous a fait monter. Sans un mot. Comme la première fois. Tu te rappelles, la première fois, Madame Armand, elle t'a dit que tu jouais le cireur de bottes à la perfection, que c'était même le seul reproche qu'on pouvait adresser à ton jeu, qu'il était trop vrai pour être vrai. Un vrai cireur de bottes aurait été moins appliqué, se serait laissé distraire une seconde par des pensées très éloignées de son activité. "Toi, t'es vrai, même quand tu mens." Nous avons bu le café puis elle nous a donné de l'argent en disant : "Ne revenez jamais." Le lendemain, nous y sommes retournés et elle nous a encore donné de l'argent en disant : "Ne revenez jamais. Moi, les garçons, je n'aime rien. Et comme je vous vois là si je vous prête de l'argent avec quoi vous allez me le rendre ?" Nous n'avions nul désir de lui emprunter de l'argent. Nous n'avions rien à lui laisser comme garantie. Et nous ne nourrissions aucun projet. C'était son choix de nous donner de l'argent, dont nous avions besoin et pas besoin. Nous en avions besoin pour les choses courantes, et nous n'en avions pas besoin, nous contentant de faire avec les mêmes choses courantes, juste un peu plus. C'était un jeu. Peut-être n'avait-elle personne avec qui jouer, à part nous, et Laurette le soir, avec un nouveau paquet de cartes à chaque fois. "Ne revenez jamais, je suis une femme sans cœur. Et si les braves gens me surprennent à pratiquer la charité j'y laisserai ma réputation." Nous sommes partis et revenus. Et c'était comme ça à chaque fois. Voilà comment Madame Armand est devenue notre mécène. Il nous arrivait de croiser des ministres et des officiers, des femmes de ministres et d'officiers, des propriétaires d'établissement scolaire, des entrepreneurs, toutes sortes de gens de la haute. Une fois, j'ai reconnu un cousin du rédacteur en chef de mon quotidien qui venait discuter avec lui des actualités du moment et de l'art de la ponctuation en buvant du café gratis et qui disait : "Nous, les notables…", nous confiait que le premier maître de son cousin, notre chef, c'était lui quand ils étaient petits, il lui corrigeait ses devoirs de maison, particulièrement les rédactions : "Vous savez, la virgule c'est le nerf de la prose", jusqu'à ce que le rédacteur en chef agacé prétende avoir des choses à faire et le mette à la porte gentiment avant de lancer à Josette, dans l'interphone : "Je croyais vous avoir demandé de ne pas le laisser entrer." Rappelle-toi. Un jour nous avions croisé un chanteur de charme. Les femmes devenaient folles à ses concerts et criaient tellement que personne ne pouvait entendre la musique. Ce n'est peut-être pas la musique qui les conduisait à l'extase, mais l'ambiance. Ou le physique de couverture de magazine du chanteur. Pourtant, chez Madame Armand, il n'avait rien de séduisant : il semblait plutôt ridicule avec ses cheveux gominés et ses vêtements de scène. Lui qui gagnait sa vie à projeter son bassin en avant, comme une offrande aux hystériques fantasmant à ses pieds, se cachait, faisait tout pour ne pas être vu, et patientait en bas, comme les autres, avant que Laurette le fasse monter. Cigale de mes deux, bégayant, balbutiant, pleurnichant, quémandant. De Madame Armand ou de ses clients, qui est le plus détestable ? Nous mettions la chose en débat en nous rendant chez elle. L'Estropié parlait peu et convoquait les statistiques. "Nul n'échappe au pouvoir de la détestation. Il y a toujours quelqu'un pour détester quelqu'un." Nous y allions souvent à trois, mais parfois tu y allais seul et restais longtemps dans la chambre après les parties de cartes, alors que Laurette était descendue se coucher dans le petit lit installé au milieu du capharnaüm du rez-de-chaussée. De quoi parliez-vous ? Parliez-vous ? Dans le deux-pièces, tu savais rester silencieux pendant longtemps. L'Estropié ne peut s'empêcher de compter. Et il te connaissait deux façons d'être triste. Soit tu plongeais dans le mutisme, et rien, aucun geste, aucun simulacre, ne pouvait te ramener au commerce des mots. Soit tu te mettais à engueuler la terre entière, et tout le monde y passait. Dans les fêtes de salon où l'on t'invitait à réciter des poèmes (un petit Musset par-ci : *"Les plus désespérés sont les chants les plus beaux"*, rien ne vaut un alexandrin déclamé par un suicidaire pour satisfaire aux élans artistiques de la moyenne bourgeoisie : "Qu'il est bien, ce garçon!" ; un petit Baudelaire par-là : *"Souvent, pour s'amuser, les hommes d'équipage…"*), tu t'efforçais d'être poli, de ne pas te mettre en colère. Tu commençais à être connu. Dans les salons des beaux quartiers, ils te vouaient l'affection qu'on porte aux bêtes de cirque : "Il dit bien. Et quelle voix!" Ils n'appréciaient pas trop quand tu introduisais des rustres comme Hikmet : *"Tous les matins, docteur, mon cœur est fusillé en Grèce."* Trop choquant pour les nobles dames : les rues sales, la poudre à canon, le pain rare, tout cela manque d'élévation. Fallait-il que la poésie se mêle de fusillade? "Revenons aux grands thèmes : à ces choses de l'âme qui transcendent le réel!" "Encore un petit Musset! Ah, que c'est beau, le romantisme!" Trois fois sur quatre, tu acceptais leurs règles du jeu. Cela te coûtait. Nous le voyions aux efforts que tu faisais pour sourire, répondre poliment aux commentaires et aux compliments. L'Estropié, ne pouvant s'empêcher de compter et d'établir des statistiques, m'annonçait la date de ton prochain éclat. Tout commençait pourtant bien. Soudain un nuage passait devant tes yeux. Tu t'énervais au fil des textes et des verres de rhum. Tu buvais vite. Trop vite. Et l'orage éclatait. Fini les petits Musset par-ci, les petits Hugo par-là… Les hôtes, les convives, les poètes et ceux qui ne comprendraient jamais rien à la poésie, les vivants et les morts, les gens simples et les grands seigneurs, tout le monde en prenait plein la gueule. Tu te mettais à briser les verres. Et la mondanité sur fond de littérature, l'intermède poétique ponctué de petits fours et de cocktails des îles, la soirée bien-pensante, faussement contestataire, que la maîtresse des lieux avait bien préparée en choisissant des invités de qualité, la fausse bohème bien installée dans l'énorme salon bourgeois, tournait à la catastrophe. Un soir, la maîtresse de maison, une poétesse du dimanche, rentière dans le civil, en avait perdu son dentier. L'Estropié avait dû abandonner un instant sa canne pour m'aider à te maîtriser. Nous sommes sortis de là en marchant à reculons sous le regard furieux de la bonne bourgeoise libérale pleurant sur sa vaisselle brisée, sa soirée, ses mauvais poèmes que tu avais refusé de lire à l'assistance. Et toi, tu imitais sa voix : "Un petit Musset par-ci, un petit Hugo par-là." Nous t'entraînions vers le portail. Tu nous échappais, revenais narguer la dame : "Un petit Musset par-ci…" Et nous partions enfin. Sur le chemin du retour vers le deux-pièces, l'Estropié comptait les verres que tu avais brisés : trois. Moi, je jouais l'agent de sécurité en te suivant de près. Tu marchais vite, courais presque, t'arrêtant soudain pour t'asseoir au bord du trottoir et ne levant la tête qu'au passage d'une voiture, déjà installé dans ta deuxième façon d'être triste. Tes lèvres bougeaient sans émettre le moindre son, les autres — même nous qui nous prenions pour tes meilleurs amis — n'ayant nul besoin d'entendre ton impossible conversation avec toi-même. Tu restais longtemps comme ça. L'Estropié et moi respections ton silence. On s'asseyait sans rien dire. Le temps passait, et des voitures. Et, quand tu nous revenais, nous reprenions la route vers le quartier de Saint-Antoine endormi dans sa pourriture, en alignant nos pas au rythme de ceux de l'Estropié. Et tu disais : "C'est pas normal qu'un boiteux conduise la marche", sans faire mine de le dépasser. Et nous savions que tu étais vraiment revenu parmi nous. L'Estropié était content, parce que cela faisait de lui une sorte de chef qui ouvrait la route. Et moi aussi j'étais content, et je me promettais de ne pas finir ma vie à rédiger des entrefilets et la rubrique nécrologie de l'unique quotidien de la ville, d'écrire un jour un roman, quelque chose d'épique dont nous serions les personnages principaux, un grand œuvre, comme un acte d'amour. Je te cite. Tu disais qu'écrire est un acte d'amour. Et nous on te charriait un peu pour ces formules pompeuses et ta manie de te prendre pour un poète, simplement parce que la nature t'avait doté d'une belle voix et des pouvoirs du funambule. Contents tous les trois, nous sentions à peine l'odeur des seaux que les vidangeurs remontaient des latrines ni celle des pèlerins couverts de plaies et de haillons endormis sur les marches de l'église. Nous lancions des saluts au saint, l'invitions à jouer avec nous. Tu devenais le saint, lui posais des questions sur son humeur et son sacerdoce. Et il te répondait. Tu avais deux voix, deux démarches. Une pour toi. Une pour le saint. Et dans les comptes de l'Estropié, nous étions quatre amis. Quatre marcheurs dans Saint-Antoine, riant de tout, d'eux-mêmes, des humains et des dieux. Puis, fatigué de jouer au saint, tu l'abandonnais à lui-même, à ses devoirs envers son Dieu et ses mendiants. Nous continuions notre route. Arrivés chez nous, dans notre chaloupe, tu t'endormais le premier sans changer de vêtements, sans draps, sans chichi. L'Estropié mettait son pyjama rouge et sortait des rayons un livre de poésie ou un manuel et glissait doucement dans le sommeil en lisant. Et moi je songeais au grand œuvre que j'écrirais peut-être un jour. Comme un acte d'amour. Pourquoi pas ? Aujourd'hui, le directeur de la rédaction m'a dit que j'avais trois colonnes vu que je te connaissais. "C'était un garçon difficile, votre ami", a-t-il dit avec sa tête de rédac-chef d'un quotidien qui ne se fâche jamais, se plie, ne cultive pas les ennemis. Et je me dis qu'il faut m'y mettre. Merci Josette. Elle ne m'a rien dit, mais je sais qu'elle a parlé au patron de la rédaction. Le chef l'aime bien, il dit qu'elle a du bon sens, et que, quelquefois, plutôt que de se compliquer la vie, il faut s'en remettre au bon sens. Je n'aime pas que le rédac-chef trouve des qualités à Josette. Il apprécie trop les virgules, le lisse, le propret. Mais, merci Josette. C'est la première fois que je dispose de trois colonnes. D'ordinaire, quand c'est quelqu'un d'important qui meurt, le rédac-chef s'en charge lui-même. Ou un parent du défunt. Ou un haut gradé de la rédaction qui monnaie ses dithyrambes. Trois colonnes, comme un cadeau qui m'est fait. Mais, diable, comment veulent-ils que je te résume en trois colonnes ?

Trois colonnes. C'est peu de mots ou pas assez. Rédiger la notice d'un inconnu, ça vient vite. C'est une personne sans importance, et les clichés, ça coule de source. "Nous annonçons avec infiniment de peine le décès du regretté… – non, du *très* regretté – Athanor Bélizaire…" Et vive la redondance, le blabla qui plaît aux familles. Mais quand celui qui meurt, on avait pris l'habitude de le regarder comme partie de soi, on a envie de gueuler, d'accuser le monde ou simplement de ne rien dire, de laisser le langage à son insuffisance et de plonger dans le mutisme ou d'engueuler l'idiot qui a choisi de partir. *"Tu aurais pu vivre encore un peu."* Nous n'avions pas fini notre conversation. Nous avions encore des complicités à établir et des comptes à régler avec toi. Tu parlais souvent de ta mère. La plus mère des mères. Avec cette façon que tu avais de prendre les choses qui t'arrivaient comme uniques et supérieures. Il nous arrivait de te détester. Tu avais perdu ta mère et le monde s'était effondré. Ton père, un agent de commerce, n'avait pas les mains de l'ange, avait peur de tout pour vous. Peur des arts, des rues, des quartiers pauvres et des poètes. "Ils finissent tous dans la misère." Et tu avais pris ta première cuite à quinze ans. La peine. L'errance. Nous avions envie de te dire : "Ferme-la un peu, il n'y a là rien d'exceptionnel." Parfois nous te détestions de toutes nos forces. Tu n'imagines pas combien tu nous faisais chier avec tes mélodrames. D'autres fois, nous nous contentions de t'écouter d'une oreille distraite, attendant que tu sortes de ta maladie infantile pour faire face. Tu n'as jamais su faire face. Et nous n'avons pas eu le temps de te dire que c'est toujours une faute de se prendre pour une exception.

Avant d'être généreux et de parler au nom de tous, *"j'aurais tant voulu vous aider vous qui semblez autres moi-même"*, tu pouvais nous ennuyer jusqu'à l'agacement avec ton histoire personnelle. Le problème des histoires personnelles, c'est justement qu'elles ne peuvent être que personnelles et lassent, ennuient et insupportent en se prenant plus au sérieux que les autres histoires personnelles. L'injustice, c'est qu'il n'y a pas moyen de les mettre à égalité. Tous n'ont pas le même rapport à la parole, le même quotient de vanité. Ou le même débit. C'est vrai pour des soldats qui racontent leurs prouesses, aussi bien que pour des écrivains qui racontent leurs déboires. Alors que c'est la guerre qu'il faudrait raconter. Ou la vie. Tu étais deux, Pedro. Un qui parlait pour nous tous. Et un qui ramenait tout à lui. "J'ai perdu ma mère", et blablabla, le flux sans trêve. Comme si toute la fatalité du monde était tombée sur toi. Ton visage que tu vendais comme une infirmité majeure. Tes douleurs comme un article dans la vitrine d'une boutique de prêt-à-porter. Tu parlais sans cesse de ta mère. Moi, jamais de la mienne. Ni de mon père. L'Estropié non plus ne te parlait jamais de ses parents. Rien à voir avec tes démêlés avec ton paternel. Tu sais comment on l'appelait, son père à lui ? *Méchant*. Jamais "Papa". Ni "Mon petit papa". Ni "Père". Seulement *Méchant*. Jamais autrement que *Méchant*. Quand l'Estropié rentrait de l'école, sa mère arrêtait le mouvement de la machine sur laquelle elle cousait et recousait les habits des pauvres comme eux, espérant gagner quelques gourdes qui amèneraient un peu de paix dans la maison. Elle mettait le doigt sur la bouche, et lui murmurait : "Ne fais pas ton bordel. *Méchant* est rentré tôt aujourd'hui. Il dort. Tes frères et sœurs sont déjà punis." Il posait son sac doucement, évitait de sourire parce que la joie ça pouvait se répandre comme le bruit et réveiller le dormeur. Il regardait ses frères et sœurs agenouillés les uns derrière les autres par ordre de grandeur. Il avait honte. Lui seul allait dans une école digne de ce nom où il apprenait des poèmes par cœur et l'art de jouer avec les chiffres. La "bonne école", c'était une concession faite à son infirmité. Et, de retour à la maison, conscient de ses privilèges de lettré, lorsque ses frères et sœurs étaient punis, il hésitait entre éviter la punition ou la rechercher pour partager leur condition, finissait par faire du bruit et réveiller *Méchant* qui lui lançait son casque de contremaître à la tête et lui ordonnait de prendre sa place au bout de la queue puis s'en retournait à son repos de mi-chef et mi-subalterne ayant passé la journée à engueuler les ouvriers et à s'excuser auprès des ingénieurs de la lenteur de l'avancement de l'immeuble en construction. On ne posait pas de questions à *Méchant*. Une fois seulement, l'Estropié avait osé lui demander s'il n'avait pas d'amis. Des dames venaient parfois faire causette avec Lonize, mais personne ne visitait *Méchant*. Et

Méchant avait répondu : "Les pauvres n'ont pas d'amis." Un seul homme avait franchi la porte d'entrée de la maisonnette de Peau-Noire pour avoir une conversation avec Méchant. Il en était reparti avec la gueule pétée. C'était un ouvrier du bâtiment qui se mêlait de politique et recrutait des adhérents pour un syndicat clandestin. *Méchant* l'avait foutu à la porte à coups de poing. "Pas de politique chez moi. L'unique vérité, c'est le travail." Parmi les ouvriers, *Méchant* avait mauvaise réputation. Cela ne le préoccupait guère. Il ne devait rien à personne. Personne ne lui devait rien. Sauf ses enfants auxquels il devait le logis et le pain, et qui lui devaient en retour respect et obéissance. Une fois, *Méchant* avait réveillé tout son monde à l'aube et il les avait conduits au chantier. Une journée entière, ils sont restés là à le regarder travailler, aboyer après les maçons et les ferrailleurs, s'aplatir devant l'architecte et les ingénieurs. Une journée entière sans manger vu que *Méchant* ne mangeait pas avec les ouvriers, pour ne pas se lier avec eux et surtout pour économiser l'argent du repas de midi qu'il amenait à Lonize. Huit bouches à nourrir, ça exige des privations. *Méchant* ne ménageait pas sa peine. Il ne savait pas faire semblant, paresser. Et il lançait des regards sévères aux ouvriers qui traînaient exprès dans l'accomplissement de leurs tâches. La journée finie, il a versé de l'eau dans une cuvette et il s'est lavé le visage. Ensuite il a dit à ses enfants "C'est ça la vie" et la colonne a pris le chemin de la maisonnette familiale dans la zone dite Peau-Noire, pas loin du Fort-National. C'est le seul jour où il ne les a pas frappés. À leur arrivée, sans poser de questions sur le déroulement de la journée, Lonize a abandonné sa machine. Les filles l'ont aidée à dresser la table, et les trois ont servi aux hommes le riz et les patates douces, se servant les dernières. *Méchant* a mangé sans un mot et il est allé se coucher. Lonize est retournée à sa machine. Les filles ont lavé la vaisselle puis ont rejoint les garçons et la conversation a tourné autour des projets des uns et des autres qui les conduisaient loin de la maison. C'est le seul soir où parlant de leur père ils l'ont nommé par son prénom. Et Lonize, qui faisait semblant de ne pas les écouter, mais entendait quand même leurs voix sous le ronron de sa machine, a pleuré sur son homme qui travaillait trop, sur ses enfants qui vivaient là l'unique soir sans violence de leurs vies d'enfants. *Méchant* maniait la rigoise* comme pas un et les laissait des heures agenouillés sur du gros sel. Pour les habituer à la douleur. Les choses ont empiré lorsqu'il a commencé à souffrir de maux de tête et de vertige. *Méchant* n'avait jamais eu de maîtresse, n'avait jamais découché, n'avait jamais fait de mal à Lonize, sauf à lui imposer sa loi dans l'éducation des enfants. Ils avaient vingt ans quand ils se sont rencontrés et il avait tenu toutes ses promesses : passer de ferrailleur à contremaître, travailler dur pour elle et les enfants ; instruire les enfants dans la droiture, le respect de leur mère, de l'ordre et du travail, afin qu'ils ne deviennent pas des bons à rien. Il était passé contremaître à la force de ses bras, de son sérieux et de son mépris des syndicats. Et sa journée finie, il courait à la maison faire des enfants à Lonize qui laissait sa machine et le suivait dans la chambre. Sept enfants qu'il avait éduqués dans la droiture à coups de fouet de nerfs de bœuf, pour les préserver du vice de la paresse et de cette tendance naturelle à la mendicité qu'ont les pauvres quand ils sont faibles. Sept enfants : cinq garçons et deux filles qui l'appelaient par son nom de code, *Méchant* ; ne jouaient jamais qu'en son absence, arrêtaient leurs jeux, cache-cache et courses folles, et pissaient de peur quand l'Estropié, affecté au guet parce qu'il ne pouvait pas courir avec sa jambe gauche plus courte que la droite (et que, s'ils le laissaient courir, *Méchant* foutrait une raclée aux aînés), leur criait : "*Méchant* arrive, arrêtez tout !" Et le jour où *Méchant* n'était pas rentré à l'heure habituelle, ils avaient su qu'il s'était passé quelque chose de grave. Il y avait eu une première alerte : un soir, ils avaient entendu *Méchant* gémir en se tenant le crâne. Le jour où son bol de riz était resté à l'attendre, Lonize, versant déjà des larmes de veuve dans sa tête, avait envoyé les deux aînés s'informer au chantier. *Méchant* avait senti une vive douleur à la tête et il s'était effondré. Les ouvriers l'avaient couché dans un coin d'herbe, ils lui avaient versé de l'eau sur le visage. C'était tout ce qu'ils avaient pu faire. *Méchant* avait toujours soutenu les patrons qui refusaient de faire venir un médecin sur le chantier. Pour le médecin, il faudrait donc attendre le lendemain. Les aînés des garçons l'avaient soutenu jusqu'à la maison, une heure de marche, et ils avaient senti son désespoir de devoir s'appuyer sur quelqu'un. Il était mort pendant la nuit, dans son lit, vêtu de ses vêtements de travail, le casque posé sur la table de chevet, et Lonize continuait de mettre des compresses sur le front du cadavre jusqu'à ce que l'une des sœurs lui dise : "Lonize, c'est fini", et la force à regarder autre chose que le corps de son méchant de mari. Alors Lonize avait crié aux enfants : "C'est le travail qui l'a tué. C'est pour vous qu'il est mort." Le lendemain, ils n'avaient plus rien. Pas de riz. Pas d'école du soir pour les aînés ni de bonne école pour l'Estropié. Pas même le fouet de nerfs de bœuf que Lonize avait jeté. Ils avaient appris à faire sans l'homme qui les battait et s'était tué au travail pour eux. Sans ci. Sans ça. Ils avaient appris à faire sans, tout simplement. Chacun des sept avec ses armes à lui, à elle, en développant sa stratégie personnelle de survie. L'aînée des sœurs, la plus jolie, s'était mise à sortir avec des hommes de deux fois son âge ; l'autre avait rejoint une secte qui encourageait le mariage et blâmait les époux infidèles. Le plus costaud des frères s'était acoquiné avec des militaires. L'Estropié avait toujours eu de bonnes notes, et la direction de l'école, informée du drame et ne voulant pas perdre un bon élément, lui avait offert une bourse d'excellence. Les deux filles qui se ressemblent et ne se ressemblent pas ont épousé des hommes qui adorent battre les femmes. L'une s'est révoltée et fait partie de l'association de défense des femmes de Jalousie, une localité pas plus riche que Peau-Noire, perchée sur une autre colline à l'autre bout de la ville. L'autre cherche les coups comme la seule preuve d'amour. Deux frères ont disparu dès qu'ils ont atteint l'âge adulte et n'ont jamais pris contact avec les membres de leur famille. Les deux autres frères sont devenus des spécialistes de la torture. Le premier sévit à domicile et perpétue la tradition du gros sel et des nerfs de bœuf. Le deuxième est officier de police, spécialisé dans les séances d'interrogatoire au service des recherches criminelles, et détenteur du record absolu du nombre d'aveux obtenus. Lonize vit seule dans la petite maison. Elle se fait escroquer par ses voisins. Sous prétexte de venir lui tenir compagnie, ils finissent par lui prendre tout ce que l'Estropié et les deux sœurs lui apportent quand ils trouvent le temps : de l'argent, des fruits, de la poudre de café. Pas grand-chose. Le seul riche de la famille, c'est l'interrogateur principal du service des recherches criminelles, mais Lonize n'accepte pas ses dons. C'est une vieille femme triste, malade et démunie. Mais elle a ses principes. C'est une chose pour un père de battre ses enfants, pour leur montrer le droit chemin. Mais c'est autre chose que de torturer des adultes pour leur faire avouer des crimes qu'ils n'ont peut-être pas commis. "Un homme qui fait ça, c'est pas un homme, c'est un chien !" Et son mari ne voulait pas que leurs enfants deviennent des chiens.

Toutes ces choses que nous ne t'avons pas dites. Et toi, venu de ces coins de la ville où le malheur est une surprise. Toi, venu vers nous en toute innocence, sans réaliser que les gens de ton monde, ici ils sont des étrangers. Les étrangers, on les guette pour leur tendre des pièges. Les gamins jettent exprès des clous sur la route, quand passe un véhicule de riche. Puis, ils font des sourires au conducteur en proposant de lui changer la roue, à condition qu'il sache être généreux. Ici les gens comme toi ne viennent plus chercher l'aventure. Les quelques-uns qui y logeaient autrefois sont partis depuis longtemps. Et toi, tu es venu avec tes mélodrames, ta mère, ton père, ton ressenti de révolté de pacotille. Bavard en plus. Parlant. Parlant. Et l'Estropié te regardait parfois en secouant la tête avec la bienveillance d'un adulte souffrant les niaiseries d'un enfant. Toutes ces parts de nous que nous ne t'avons pas révélées. Peut-être parce que ta douleur prenait une telle place qu'il n'y en avait pas pour les nôtres. Peut-être parce que malgré tout, nous te faisions confiance et pensions qu'à force de réciter les mots des autres et de jouer tous les rôles, tu parlais pour nous tous. *"Insensé qui crois…"* Peut-être avait-il raison, le vieux fou se prenant pour un sage, et qu'il existe des voix qui parlent pour nous tous. *"… quand je parle de moi…"*, blablabla… Toutes ces choses que nous ne t'avons pas dites. Et maintenant c'est trop tard. Jamais nous ne serons à égalité de paroles. *"Tu aurais pu vivre encore un peu."* Par souci d'équité. Pour nous entendre un peu. Tu n'as jamais demandé et je ne t'ai jamais dit pour le camion-citerne qui avait dévalé la pente de Saint-Antoine depuis le morne Dédé jusqu'à la rue Baron, emportant tout sur son passage, les adultes, les enfants, les étals, les chiens, renversant le pylône électrique planté en face de l'établissement des sœurs au pied duquel, quand il y avait de l'électricité, les garçons du quartier se réunissaient le soir pour deviser sur les matchs de foot. Et tout de suite après, quand le camion s'est finalement arrêté, le pare-chocs et le pont avant à l'intérieur d'une maison, les cris des femmes et les pieds des athlètes poursuivant vainement le conducteur qui avait pris la fuite, le quartier tout entier est sorti chercher ce qu'il restait de vie au milieu des débris éparpillés. Et parmi les débris qu'on avait ramassés, il y avait quelques corps cassés, encore vivants. Bêtement vivants, comme des poupées trop abîmées pour être réparées. Même les meilleurs contorsionnistes n'inventent pas de pareilles figures : une jambe derrière le dos, un bras replié sur lui-même et détaché du corps, le torse enfoncé dans le bassin, et tout l'effort qu'il a fallu mettre pour réunir en un seul être les parties disloquées. Et parmi les débris, fragmentés, à jamais séparés l'un de l'autre, il y avait mon père et ma mère dans leurs habits de petits fonctionnaires heureux et fiers d'œuvrer modestement dans les services publics, rentrant chez eux ensemble comme ils le faisaient depuis vingt ans. Après leur journée de travail, mon père appelait un taxi devant le palais des Ministères. Le taxi s'arrêtait ensuite au ministère des Travaux publics où ma mère attendait, toujours à la même place, à côté du planton. Ils ne manquèrent jamais ce taxi, cinq jours par semaine, pendant vingt ans. Arrivés à Saint-Antoine, devant la maison où tu as habité, mon père réglait la course. Ils descendaient ensemble en se tenant la main, montaient ensemble les marches. Mon père ouvrait la porte d'entrée, laissant ma mère pénétrer la première dans la pièce qui servait de salon. Elle venait vers moi et m'embrassait sur le front. Mon père enlevait son chapeau et me remerciait de les avoir attendus pour déjeuner. On s'installait tous les trois à table, et je les écoutais parler, sans méchanceté, mais avec un peu de tristesse, du comportement incorrect des responsables et du haut personnel de leurs ministères respectifs. Et mon père me disait sur un ton sévère : "Ce sera à votre génération de faire bouger les choses. Nous, on est trop vieux." Et puis il s'asseyait dans sa dodine et se balançait pour se distraire. Heureux comme un enfant. C'était sa seule distraction, se balancer dans sa dodine tout en inspectant du regard l'état de la maison, les coins où la peinture avait disparu, les fissures dans les murs, les gouttières. Et il disait : "Marianne… – ma mère s'appelait Marianne, mais tu ne m'as jamais demandé comment elle s'appelait – il faut qu'on fasse quelque chose." Et Marianne lui parlait comme à un enfant : "Gustave, qu'est-ce que tu veux qu'on fasse ! Au moins, elle est à nous." Et lui, cessant de se balancer, confirmait : "C'est vrai. Elle est à nous." Se tournait vers moi : "Elle sera à toi. J'espère qu'on aura le temps d'ajouter une troisième pièce. Toi tu auras une chambre et ta mère un vrai salon." C'est ça qu'ils auraient dû faire et dire pendant encore longtemps en glissant tranquillement dans la vieillesse. Sauf que les freins du camion-citerne avaient lâché. Ou le chauffeur qu'on n'a jamais retrouvé avait été pris d'une crise de folie. Et le camion les a emportés avec la portière du taxi. J'ai entendu les cris des vivants. Je suis descendu dans la rue, et comme les autres vivants j'ai commencé à chercher les miens parmi les restes. Ils n'étaient pas ensemble. Ma mère était restée accrochée à la carcasse d'un véhicule abandonné. Mon père se trouvait tout au bas de la pente. Il avait perdu son chapeau et une partie de son crâne. Après, des journalistes sont venus pour des photos et des entrevues. Le maire est venu. Et d'autres officiels. Puis il y eut la veillée collective. Avec des psaumes et des bougies. Je n'ai pas pleuré. Ou très peu. Ou pas très longtemps. Ou je n'ai pas souvenir de mes larmes. Quand tes morts à toi sont noyés dans la foule, ta douleur se fond dans la douleur collective, tu participes avec les autres parents de victimes au rituel ridicule d'une mutuelle de la larme, et tu rentres chez toi en te demandant ce que tu vas faire de la vie qui te reste. Je n'aurais plus besoin de pousser la table contre le mur pour transformer le canapé en lit dans le salon salle à manger. La pièce du fond n'ayant désormais plus d'occupants, j'y dormirais. J'ai tout vendu, ne gardant que le canapé, une photo du couple, et le petit chien en porcelaine que Marianne aimait tant. Je me suis inscrit à une école de journalisme dans laquelle je n'ai rien appris. Mais même un faux diplôme, ça sert à quelque chose. Avec mon diplôme, j'ai cherché du travail, et me suis estimé chanceux d'être entré au quotidien sur concours, comme stagiaire, à la rubrique nécrologie. Le thème de l'exercice : décrire et raconter un accident de la route. La même semaine que Josette qui venait d'être engagée comme réceptionniste. C'est en petits nouveaux et pour fêter notre entrée dans le monde du travail que nous sommes sortis ensemble. Une première fois. Après le restaurant, nous nous sommes retrouvés sans trop savoir comment dans un hôtel de passe. Je ne sentais rien. Elle non plus. Mais, optimiste, elle a promis : "Ça viendra." Rien n'est vraiment venu, mais nous sommes encore sortis ensemble. Elle, avec le même optimisme. Moi, sans savoir si j'attends quelque chose. À part la mort de mon chef de rubrique. Quand un quotidien t'engage comme stagiaire à la rubrique nécrologie tu attends patiemment que ton chef de service aille un jour rejoindre sa clientèle quotidienne. Mon supérieur est mort. Dans son sommeil. Le rédacteur en chef a rédigé une notice ni trop mièvre, ni trop flatteuse, avec les virgules et les points à la ligne qui conviennent. Je crois que le rédac n'enlève jamais sa veste pour écrire. J'ai hérité du poste de responsable des petites annonces et de la nécrologie. Une seule section qui regroupe les morts sans qualité, les avis de divorce et les voitures à vendre. Mon legs. Je l'ai pris et n'en demande pas plus. Un peu comme j'ai hérité de la petite maison. Deux-pièces. Et la fausse salle de bains en extérieur. Des tôles, un robinet, une cuvette. Si petite. Et pourtant si grande. Trop grande dans les mois qui ont suivi l'accident. Quand tu te retrouves seul dans une maison, tu te dis : "Merde, il manque quelque chose. Un chat, un chien qui ne soit pas en porcelaine mais vivant, capable d'aboyer, de mordre. N'importe quel animal plus grand que les cafards, ça te ferait une présence." Et quand un garçon de ton âge avec une jambe plus longue que l'autre, qui a grandi à Peau-Noire, te propose d'habiter chez toi en payant sa part, tu l'accueilles à bras ouverts. Lui. Ses manuels de maths et sa collection de poésie. Son pyjama rouge. Sa manie des calculs mentaux. Tu te dis : "Le manque, il doit connaître, le sentir dans sa chair, à cause des centimètres en moins et de cette canne sans laquelle il demeure incomplet. Sauf quand il marche dans la mer." Vous dormez tous les deux dans la pièce du fond et vous buvez des coups ensemble. Vous vous racontez vos histoires respectives. Rien qu'une fois. Vous parlez peu du passé. Jamais de l'avenir. Dans ce quartier, l'avenir n'existe pas. Vous partagez des habitudes. La séance du cinéma le jeudi. Un bain de mer à la fin du mois. L'envie, souvent, de tuer. De briser. De mettre tout à plat dans cette pourriture de ville. Vous gueulez contre le proviseur du lycée qui fait mal son travail, rançonne les parents, courtise les jolies filles. Contre le rédacteur en chef du quotidien qui réclame des virgules partout, le strict respect des conventions, comme si écrire était une sauce qu'on prépare au goût du lecteur. Rien ne va, et tout est pourri dans l'éternité d'un présent sans débouché ni vocation. Et un soir, en remontant de votre séance de cinéma, vous rencontrez un garçon qui n'est pas du quartier, n'a rien à faire là. Tellement perdu dans lui-même et éloigné de son territoire qu'il ne pose pas de questions et croit qu'il est le seul à vivre de tourments. Qu'importe. Vous pardonnez à sa douleur d'être bavarde comme l'égotisme. Nous t'avions pris dans le bateau. L'Estropié, toujours exact dans ses calculs, avait jugé que dans la petite maison s'il y avait de la place pour deux, il y en aurait pour trois. Il suffirait de se serrer. Dans son enfance, sept enfants et deux adultes se partageaient une maison pas plus grande que la nôtre. Dans les venelles de Peau-Noire où les gens arrivent par dizaines, il y en a qui ne dorment qu'une moitié de nuit pour faire de la place aux autres qui attendent leur tour, dormant debout ou adossés à des murs, lesquels n'attendent, eux, qu'un prétexte pour tomber. Dans la vie, c'est ainsi, il est des lieux où les choses sont en trop et d'autres où elles n'existent jamais en quantité suffisante. Au pays de l'insuffisance, on est condamné à l'astuce, aux stratégies d'adaptation. Et, de la place, on en trouve toujours quand, dès le départ, on sait qu'il va en manquer. Y a qu'à se serrer. Être inventif pour compenser. Chacun trouvera une ration. À Peau-Noire, c'est valable pour l'espace, les mégots et le pain. C'est pas comme dans ta ville à toi où les gens en veulent toujours plus. Pour eux seuls. Tu ne saisissais pas toujours la différence entre ta ville et la nôtre. Mais choisir un ami, c'est choisir ses faiblesses, sa part d'ignorance. Alors, sans besoin de paroles, les deux amis font de la place au troisième fuyant son visage à la peau granuleuse et ses lieux d'origine. Ils l'acceptent tel qu'en lui-même. Et une fois qu'il s'est bien installé, avec son matelas, le souvenir de sa mère, son allure de singe, ses talents d'acteur ; une fois le bateau deux-pièces bien parti pour la mer, voilà que le crétin sacrifie au réel, ramène les deux autres sur terre, décide de mourir sans même les consulter. Et ils l'auraient tué pour qu'il paie ce sale coup. Et ils auraient tout fait pour le garder en vie.

Ils l'aiment et le détestent. Ami perdu, bateau perdu. Et non, monsieur le rédacteur en chef, il n'y a pas moyen de mettre tout ça sur trois colonnes. Et si je dois écrire un jour l'histoire de mon ami Pedro, pour moi, vraiment, ce sera comme un flux. Sans points. Sans virgules. Pour se révéler à elles-mêmes, ces choses qui font masse dans la tête devraient couler comme un torrent, une sauvagerie qui n'entre pas dans les rangs de la littérature ou de la rubrique mondanités. Un peu comme la langue d'Islande qui monte, descend, s'ouvre, se ferme, crache, vomit, n'a peur de rien. Une gueulante d'amour et de détestation qui se passe de ponctuation.

Tu pouvais rester longtemps sans parler. Madame Armand aussi. Vous aviez ça en commun, le silence. Le soir où le présentateur des nouvelles étrangères a annoncé qu'un jeune de chez nous s'était jeté du douzième étage d'un immeuble d'une grande ville, quand l'Estropié lui a dit que tu ne viendrais jamais plus, Madame Armand n'a pas bougé de son immense fauteuil taillé sur mesure, aucun signe de compassion n'est apparu sur son visage de "je n'aime rien". Elle a seulement murmuré "Déjà…", avec un geste de la main chassant ta mort de sa pensée, comme une donnée sans importance. Une banalité du genre : un jour suit un autre, il n'y a pas d'eau dans le désert et le soleil se lève à l'est. Un truisme à la portée de n'importe quel crétin. Une misérable évidence sans surprise ni intérêt, n'appelant pas aux grands discours. "Déjà…" Et puis un geste de la main. Comme si ton corps cassé sur l'asphalte, ta carcasse défigurée, c'étaient des choses auxquelles elle s'attendait. Ton corps, masse informe que l'Estropié et moi nous ne pourrons qu'imaginer le soir dans notre deux-pièces. En regardant les murs mal peints. La chute. L'impact sur le sol. Avec des variantes. Selon l'humeur et le volume d'alcool. Pas un soir depuis ta mort où tu n'es revenu mourir dans notre chambre. Cette chute à répétition, permanente et définitive, ce corps nôtre face contre terre qui hantera longtemps nos nuits, Madame Armand les traitait comme une défaite prévisible qui la laissait froide. Aussi froide que lorsque, sans jamais se tromper, elle lit leur avenir dans les yeux de ses clients. Sachant toujours lequel ne pourra pas solder sa dette et sombrera dans la dépression. Laquelle perdra ses avoirs et ses charmes, et ne récupérera jamais les bijoux de famille et les titres de propriété laissés en gage dans le capharnaüm du rez-de-chaussée. Lequel se croit malin et parti sur une affaire qui le rendra riche comme Crésus, alors qu'il va tout perdre sur un coup de folie. Madame Armand, c'est "je n'aime rien", pas de larmes et pas de pitié, "parce que les gens ils adorent se foutre dans le pétrin en pétant plus haut que leur cul, en hypothéquant leur maison pour faire leur intéressant le temps de la première communion d'un gosse qui n'en demande pas tant pour faire causette avec Jésus. Le temps d'une noce extravagante, jambon fumé et dinde farcie pour épater les invités. Et puis ? Rien. Sinon une fausse promesse d'amour jusqu'à la mort. Qui sera vite tombée dans l'ennui, traînera dans les hôtels de passe, et finira chez monsieur le juge après des années de sacrifice au venin du qu'en dira-t-on". Madame Armand, c'est "je n'aime rien". Pas de larmes et pas de pitié. "Les gens, ils s'enfoncent dans la vase et s'étonnent qu'ils se noient en contractant une dette pour en payer une autre. Les dettes s'accumulent, et ils gagnent leur course au malheur à force d'aller chercher le profit, la combine et le m'as-tu-vu." "Les gens." Elle a sans doute raison. Elle a toujours raison. Mais tu n'es pas "les gens". Tu es Pedro. Pedro-tête-chaude. Pedro-graine-promennen*. Pedro-des-Quatre-Chemins. Pedro aux mille noms. Quichotte et baladin, innocent jusqu'à la bêtise. Un homme comme ça, un enfant comme ça, devrait vivre longtemps. À l'annonce de ta mort, Madame Armand a juste dit "Déjà…" comme elle dit "Celui-là on ne le reverra pas" en parlant d'un client. Ou "Si jamais il revient, ce sera sans mon argent, ce sera seulement pour pleurnicher, implorer la pitié". Les clients comme ça, elle en a beaucoup. Je crois même que ce sont ses préférés. Elle adore rayer leurs noms de son carnet. "Déjà…" comme si elle te jetait dans la fosse commune de sa clientèle, objet de sa détestation. "Déjà…" Et pas un mot de plus. Comme si tu ne méritais pas mieux qu'un vulgaire indice temporel. Et l'Estropié, ça l'énervait, ce compte qui finissait sans avoir commencé. Dans sa tristesse d'ami fidèle, tu valais bien une phrase, avec un sujet, des verbes. Je sentais monter en lui l'envie de rendre à la grosse dame mépris pour mépris, détestation pour détestation, indifférence pour indifférence. Il s'était appuyé sur sa canne pour se lever. Gênés, nous allions partir. Madame Armand nous a fait signe d'attendre. Elle a ouvert le tiroir de la commode et en a sorti une chemise et me l'a tendue. Je l'ai prise sans lui demander ce que c'était, et en regardant bien son visage j'ai vu que sous la graisse, le dentier et la barbe, battait peut-être un cœur. Et les cœurs, ça pleure quelquefois. Une presque larme. L'Estropié aussi l'avait vue, et sa colère était tombée. Il fallait chercher pour la voir, traverser le mur du visage, repérer les yeux perdus, enfoncés, trop petits pour cette grosse tête de masque de carnaval à effrayer les enfants les plus téméraires, aller jusqu'au fond, sous le blanc, dans un coin, pour y reconnaître un petit point d'argent. Une presque larme. Elle était là, timide et impatiente. Une presque larme qui n'osait pas couler, avait honte de sa fragilité, immobile, suspendue, incapable de bouger ni de disparaître. Alors, pour ne pas embarrasser Madame Armand, j'ai détourné mon regard, évité de fixer la petite goutte de nudité derrière le masque du corps immense et la légende d'un cœur plus dur que la pierre. Les yeux dans le vide, j'ai pris la chemise. J'ai senti comme un tremblement, une faiblesse, un lâcher-prise au bout de ses gros doigts. Une tristesse sans paroles dans ses grandes mains, avec lesquelles elle aurait étranglé son Armand de mari, un minable trop débonnaire qui s'en allait glaner chez les putes en tenue de soirée qui ne payaient jamais les dettes qu'elles avaient contractées envers le couple. Selon la légende, avec l'aide de Laurette, elle avait découpé Armand le débonnaire en petits salés. En tout petits morceaux qu'elles avaient jetés aux chiens ou enterrés nul ne savait où. *Il était trois petits enfants qui s'en allaient…* Armand, il a fini comme les trois héros mineurs de cette chanson gnangnan que tu chantais quand ton enfance te revenait, et que petit garçon exilé dans un corps d'adulte tu cherchais dans chaque femme le fantôme de ta mère, avec des mots d'amour cassés comme un crayon, des mots tendres sans exigences, avant de t'enfermer de nouveau dans le silence. Oui, Madame Armand et toi, vous faisiez bien la paire en matière de silence. "Déjà…", et la chemise. Et une enveloppe remplie de billets. Elle nous avait tourné le dos, sortait des billets de la commode et les mettait dans l'enveloppe sans compter.

Peut-être était-ce pour nous cacher son visage. Peut-être accomplissait-elle des gestes d'automate, pour ne penser à rien. C'est Laurette qui lui a pris l'enveloppe des mains pour la donner à l'Estropié, alors qu'elle voulait encore y mettre des billets. Une enveloppe tellement pleine que l'Estropié n'arrivait pas à la refermer. Laurette nous a fait signe de partir, et nous sommes sortis de la chambre, Madame Armand nous tournant toujours le dos. Nous avons descendu les marches précipitamment par respect pour la presque larme. Pour ne rien voir d'une émotion qui ne nous appartenait pas. Laurette nous a suivis. Elle nous a ouvert la porte de métal et elle est sortie avec nous dans la rue. Et, après avoir inspiré une grande bouffée d'air, comme font, avant de commencer un long discours, les gens qui n'ont pas l'habitude de parler, elle nous a raconté la légende d'Argentine. Il est des contes pervers où la fée se change en sorcière. "La patronne, elle n'a pas toujours été comme ça. Il lui arrivait de sourire et de cueillir des fleurs, de faire toutes ces choses ridicules et extraordinaires que font les princesses dans les contes. Elle avait même aimé Armand. C'est après qu'elle est devenue la… – elle a hésité entre "bête" et "chose" et respectueuse elle a choisi : "… la « personne » que vous voyez là. C'est arrivé avec les kilos. C'était comme une malédiction. Elle n'arrêtait pas de grossir. Les médecins n'y pouvaient rien. Elle non plus, qui se privait des choses qu'elle aimait. Elle était devenue si grosse que, dans son entourage, ils avaient peur d'elle plutôt que pour elle. Elle ne pouvait presque plus bouger. Et personne ne venait plus vers elle. Pour ses anciennes amies, pour les enfants, pour les passants, pour ce bon à rien d'Armand, elle n'était plus que la grosse créature assise à sa fenêtre." Madame Armand, c'était donc ça. Sœur Anne frappée d'obésité, ne voyant rien venir de bon. Argentine, la jeune fille au prénom cristallin, transformée en statue de chair. "Alors, elle s'est mise à parler toute seule pour se protéger des absents, en se disant : « Moi je n'aime rien ». Mais la parole a ses limites. Et si le monologue amenait la guérison, depuis le temps que les gens se confient à eux-mêmes, on ne croiserait plus de malades. Un jour, elle a mis le feu à toutes ses photos d'autrefois. Elle les a regardées brûler. Le feu avait ruiné la carpette, grimpait déjà dans les rideaux. Si je n'avais pas été là… Il n'y avait que nous deux pour la garder en vie : la haine et moi. Entre le suicide et la haine, elle a choisi la haine. Et quel meilleur moyen de se venger du monde! Elle a transformé ses paroles en actes en commençant par Armand. Armand, il ne valait pas grand-chose et aucun vivant ne l'a pleuré. Pas même les demi-vierges auxquelles il prêtait de l'argent qu'il ne leur réclamait jamais, pour faire le beau, le grand seigneur. Un soir, elle est allée chercher dans la haine l'énergie pour se lever de son fauteuil. Parfois, pour tuer un homme qui ne pèse pas lourd, il suffit de s'asseoir dessus. Après, on en fait ce qu'on veut. Avec une hache ou un couteau. La police a eu beau chercher, ils n'ont jamais trouvé le cadavre. Alors, officiellement, Armand, il est parti vers de lointaines amours. Vu qu'il partait tout le temps, cette hypothèse en vaut une autre. Elle a pris les affaires à son compte et débuté dans le métier en récupérant tout l'avoir qu'Armand avait presque perdu en le prêtant à des pimbêches. Elle a engagé le personnel adéquat et constitué ses réseaux d'espionnage sans jamais bouger de son fauteuil. Elle sait tout sur tout le monde. Son savoir est son arme. Moi, je la connais depuis longtemps, quand elle croyait aux contes de fées qu'elle lisait dans les livres illustrés, et à ceux que j'avais ramenés de mon village – ils étaient d'une autre couleur, avec des savanes à la place des forêts. Elle était gourmande de rêveries et prenait tous les « il était une fois » de ses livres d'enfant et mes « cric-crac* » de paysanne pour la vérité du bon Dieu. Elle y croyait. Je tombais de sommeil, et elle me disait : « Raconte-moi une histoire. » Et de sa chambre, Madame m'ordonnait d'inventer sur-le-champ une histoire pour lui faire plaisir. C'est la vie qui lui a appris que tous ces contes sont des mensonges. Elle y croyait, vous dis-je, au temps où je lui prenais la main pour la conduire à l'école. Elle avait de l'amour pour tout : les songes, les humains, les lézards et les volatiles. Même pour moi. Mes parents m'avaient placée dans sa famille pour lui servir de domestique. Personne n'est obligé d'aimer les domestiques. Je cassais parfois une assiette, et sa mère me grondait. Je coiffais mal « mademoiselle Argentine », et sa mère me grondait. Je ne faisais rien de mal, attendais tranquillement dans mon coin qu'on m'appelle pour une tâche, répondais à l'appel, exécutais la tâche, et sa mère me grondait. Elle prenait souvent ma défense. Sa mère me grondait quand même, m'accusait d'avoir assombri l'humeur de sa fille en me faisant passer pour une victime. J'avais volé une médaille. Une petite médaille qu'elle ne portait jamais à son cou. Le dimanche, j'étais autorisée à l'accompagner pour une petite promenade dans le quartier. Les fillettes que nous croisions portaient toutes des médailles. J'ai pris la sienne pour faire la belle, comme dans les contes. Madame, elle avait les yeux pour voir ce genre de choses, et au retour de la promenade, elle voulait me mettre à la rue. Elle a dit : « Non, mère, cette médaille, je la lui ai donnée, J'ai croisé une domestique qui en portait une semblable, alors j'ai donné la mienne à Laurette. » Un jour de trop de remontrances, pour me venger j'avais craché dans le bol de thé de Madame. Je l'ai vue qui me regardait. J'ai cru qu'elle allait me dénoncer à sa mère. Elle m'a souri, et elle est repartie jouer avec ses poupées. C'était un beau sourire. Pas aussi beau que ceux qu'elle s'était mise à faire à Armand quand il a commencé à visiter la maison. Pas un sourire d'amoureuse qui croit avoir rencontré l'homme de sa vie. Mais beau quand même. Un sourire d'amie. Comme celui qu'elle m'a fait le jour de ses noces. Mes parents m'avaient oubliée, et j'étais restée là, à son service. Quand elle s'est mariée, je l'ai suivie à son domicile, après avoir craché une dernière fois dans le bol de thé de Madame. Je changeais de patronne. Au début tout se passait bien. Puis Armand, il a changé de visage. Il ne rentrait pas. Elle et moi jouions aux cartes jusqu'à tard dans la nuit, pour tuer le temps. C'est elle qui m'a appris, quand nous étions petites. Elle trichait. Elle avait le droit. Moi, j'étais juste à son service, et mon devoir c'était de perdre. Elle pleurait si j'osais gagner, et Madame m'ordonnait de tricher contre moi-même. J'obéissais. Après, elle s'en voulait et m'offrait une de ses vieilles poupées en me chuchotant que cette habitude qu'ont les adultes de se mêler des affaires des enfants est une chose détestable. Madame devait être la plus détestable des adultes. Armand changeait. S'absentait. Gaspillait leurs revenus. Argentine en souffrait. Et grossissait. Madame venait la voir. Mais c'était pour lui dire qu'il lui fallait prendre son mal en patience, qu'elle devait tout tenter pour ne pas perdre son mari, et comprendre que, dans son état, un mâle digne de ce nom pouvait éprouver le besoin d'aller voir ailleurs. La dernière fois que Madame est venue, c'est Argentine qui a craché dans le bol de thé. Puis elle m'a demandé d'accompagner sa mère jusqu'à la rue, de fermer la porte derrière elle et de ne plus jamais la lui ouvrir. Elle n'a plus ouvert qu'à ses clients et aux agents de son réseau. Et Armand, elle ne l'a plus jamais laissé sortir. Aujourd'hui, nous jouons au bésigue le soir. Elle ne triche plus. Mais c'est toujours elle qui gagne. Je crois qu'elle n'aime vraiment plus rien. Votre ami, quand même, un peu. Au moins autant que les cartes. Il est venu un soir. Nous entendions sa voix qui disait des poèmes dans la rue. Je l'ai laissé entrer. Il a demandé du papier. Je lui en ai donné. Il s'est installé en silence devant la table, et il s'est mis à écrire. Le lendemain, en partant, il n'avait pas emporté ce qu'il avait écrit. Nous voulions lui apprendre le jeu, mais il disait avoir déjà trop de personnages dans la tête et n'être qu'un mauvais joker. C'était ainsi, chaque fois qu'il venait. Il écrivait, oubliait tout. Elle se levait de sa chaise, ce qu'elle fait rarement plus de quatre fois par jour, elle ramassait elle-même les papiers oubliés et les rangeait dans une chemise, dans cette commode où elle garde ses objets personnels. Faut que je remonte. C'est l'heure des cartes. – Est-ce qu'il y aura des funérailles ? On dit que ce garçon était un grand artiste…" Oui c'était un grand artiste. Il n'y aura pas de funérailles. Une cérémonie d'hommage. Des gens qui vont parler : la famille, les amis, les collègues… Et nous sommes partis, l'Estropié en traînant la patte et en cachant l'enveloppe bourrée sur la peau de son ventre, sous la ceinture du pantalon. Moi, la chemise dans la main. Me prenant pour un philosophe, avec un besoin soudain de deviser. Sur toi. Ta solitude. Celle de Madame Armand, Argentine de son prénom, qui avait été une petite fille comme les autres, et que la vie avait changée. Le destin ne serait-il qu'une affaire de volume, une affaire d'esthétique ? L'Estropié, qui ne se trompe jamais dans ses calculs, m'a dit : "Comme c'est pénible, un ami qui ne sait pas compter. La plus seule des trois n'est pas celui qu'on pense." Il a dit ça. Et un instant, j'ai oublié ton corps écrasé sur l'asphalte, la presque larme dans les yeux de Madame Armand. Peut-être des larmes coulaient-elles dans les yeux de Laurette sans que nul ne les voie. Laurette, venue d'un bourg sans nom, comme un cadeau de chair offert par la campagne à une famille de la ville. Laurette, que ses parents avaient amenée un jour en disant : "On vous la confie. C'est bien. Tu joueras avec la fille de la maison, tu lui porteras ses effets sur le chemin de l'école, tu laveras ses cheveux et tu la coifferas en veillant à ne pas tirer trop fort, si les cheveux résistent, le soir tu te coucheras dans un lit voisin du sien, et quand elle sera triste tu tenteras de la faire sourire, tu lui conteras des histoires, de belles histoires qui finissent bien." Laurette, qui ne se prénommait peut-être pas Laurette avant d'être une petite fille au service d'une petite fille, puis celle qui ouvre la porte et referme la porte, joue aux cartes avec la patronne. Laurette, qui n'est rien, ne dit jamais "je", et se couche dans le petit lit en fer dans le capharnaüm du rez-de-chaussée. Laurette, objet perdu au milieu des objets perdus. Laurette que nul ne viendra sortir de sa prison du rez-de-chaussée. Laurette qui y mourra peut-être un soir d'épuisement, dans sa servitude silencieuse, sans valoir la moindre annonce nécrologique, les moindres dispositions testamentaires, la moindre cérémonie d'hommage, toutes ces petites choses théâtrales et démagogiques qui gardent les morts un peu en vie. Laurette qui n'aura même pas pour la pleurer un pigiste des rites funéraires, et un prof de maths avec une jambe plus longue que l'autre, donnant cours dans des collèges plus glauques que des maisons closes.

Je n'écrirai pas de grand œuvre. Toutes les œuvres sont incomplètes, car on oublie toujours quelqu'un. Dans la vie comme dans les romans, qui s'inquiète des tragédies qui hantent les petits destins des personnages secondaires ?

PARABOLE DU FAILLI

tu es la beauté même

J'ai marché si longtemps à côté de moi-même, en peau de lièvre ou de lézard. Un soir, dans une rue, j'ai croisé une femme, et j'ai voulu lui dire : tu es la beauté même. Mais j'ai pris peur. Il n'y a pas de mérite à aimer la beauté. Pour ne pas l'effrayer, j'ai continué loin d'elle ma dérive ordinaire et vécu avec son image. Si je la croise de nouveau, oserai-je lui dire : "C'est comme si toute ma vie je t'avais attendue, non pour te posséder (qui peut prétendre te posséder ? La lumière du jour n'appartient à personne…) mais pour nourrir mon chant de ta présence au monde" ?

Tu as marché longtemps à côté de toi-même. Un soir, à son retour du collège où il donne des cours de maths, l'Estropié avait voulu te tuer. Dans la journée, debout devant l'église de Saint-Antoine en habit de facteur, tu avais distribué aux passantes les pages de ses deux tomes des œuvres complètes de Paul Éluard. Dans le deux-pièces, assis sur ton matelas, tu avais découpé les bonnes pages avec des ciseaux, tu les avais ensuite fourrées dans ta diacoute. Tu t'étais trouvé un képi chez un brocanteur. Et tu étais parti jouer au père Noël. Tu donnais de l'Éluard à toute femme qui passait. Sans discriminer. Mineures et doyennes. Pimbêches et madones. Tu sortais les pages de ta diacoute et les offrais comme un crieur ou un distributeur de primes à la fin d'une kermesse. "Un poème pour vous, mademoiselle." Et une page sortie du sac. "Un beau vers pour vous, madame. Cela vous aidera à grimper la colline." Et une autre page sortie du sac. Trois écolières en uniforme. "Allez, un paquet pour vous trois. Prenez. Écoutez ça : « *C'est à partir de toi que j'ai dit oui au monde.* »" Une quadragénaire portant son alliance comme un accessoire de l'ennui. "Pour vous, madame, un réveil amoureux à partager avec votre époux." Et encore une page sortie du sac. *"Tu es venue… l'après-midi crevait la terre… j'ai dit oui."* Jusqu'à ce que le sac soit vide. Et tu l'as retourné, l'ouverture vers le sol, le secouant pour bien montrer que la distribution était finie. Des hommes, croyant qu'il s'agissait de bons d'achats, pestaient contre la discrimination. Des centaines de pages, la plupart finissant jetées dans la boue laissée par les pluies de la veille ou dans la bouche d'égout que le ministère des Travaux publics n'a jamais pensé à fermer, dans laquelle une vieille dame était tombée un matin sans qu'aucun poète n'ait tenté d'extraire des pépites de sa misérable existence. Les fillettes et les adolescentes se précipitaient vers toi, en pensant à des tickets pour la prochaine campagne de vaccination. Les femmes âgées ne s'arrêtaient pas. Malgré tes gestes d'appel, ta voix, et tes yeux exprimant une tendresse baudelairienne. *"Ô toi que j'eusse aimée…"* Les femmes que tu as croisées ce matin-là devant l'église de Saint-Antoine n'avaient le temps d'apprécier ni Éluard ni Baudelaire. L'Estropié n'était pas présent et ne pouvait tenir le compte. Mais, mis à part quelques-unes qui avaient machinalement plié les pages reçues pour les faire entrer dans leur porte-monnaie, les récipiendaires abandonnaient leurs gains au vent. À son retour, le soir, l'Estropié a fait, de mémoire, le compte exact des pages. 679 pages de poésie-lyrique-dorée-sur-tranche offertes au mépris des passantes ; au vent sale, poussiéreux ; à la bouche d'égout éternellement béante, happant tout. 679 pages, jetées à la boue ; aux pas perdus, pressés, de fausses dames de cœur, courant vers leurs affaires courantes. Mules et pantoufles. Chaussures neuves, usées, à la mode ou passées de mode. Talons aiguilles. Sandales.

Semelles cent fois décollées, recollées dans l'atelier du cordonnier, jusqu'à ce qu'il dise : "C'est fini. Elles ont vécu. Je ne peux plus rien faire." 679 pages. L'Estropié les avait comptées dans sa tête. Quand il est arrivé, il ne te restait dans les mains que les pages inutiles des notices et des exégèses. J'ai dû me mettre entre vous deux. Il pleurait. C'est la seule fois où je l'ai vu pleurer. Dur comme un fils d'ouvrier éduqué au gros sel et au fouet, ne réclamant rien pour lui, à part un bain de quelle que soit la mer, une fois par mois, pour oublier sa jambe trop courte. Dur comme un qui porte dans son corps le cadeau de naissance de la malnutrition et du manque d'hygiène. Dur comme un qui se souvient de l'instruction primaire payée par les sacrifices consentis par *Méchant* à la demande de Lonize. Dur comme un qui sait que celui qui donne s'attend à recevoir. *Méchant* se sacrifiait pour qu'ils aient des vêtements propres et de quoi manger. En retour, ils lui donnaient leurs corps pour qu'il tape dessus. Dur comme un qui se souvient des privations après la mort de *Méchant*. La pauvreté maniant désormais le fouet. Les efforts personnels. L'École normale, et sa passion pour les maths. Une obligation devenue une passion. Depuis le CP2, Lonize lui avait demandé de compter pour toute la famille. Pour elle : trois pantalons reprisés, ça fait tant ; une chemise à manches courtes plus une veste en tergal, ça fait tant. Pour *Méchant*. La paye de la quinzaine moins la retenue pour l'Office national d'assurances, et le remboursement de l'avance sur salaire, ça fait tant. Pour toute la maisonnée, plus riche en besoins qu'en revenus. Pour la famille élargie, en ajoutant les vieilles tantes et les petits cousins qui frappaient souvent à la porte de la maisonnette de Peau-Noire pour voir Lonize, lui exposer leur situation. La différence entre gains et dépenses tournait toujours au déficit. Et quand il avait fini de faire les comptes, afin de compenser la balance familiale toujours déficitaire, de fuir la déprime des chiffres : le goût de la poésie. Les mots qui prennent le large, le sortant de la routine des manques à gagner. *"Pour l'enfant, amoureux de cartes et d'estampes."* Lui permettant de s'inventer d'autres paysages. D'autres odeurs. Des mers. Un enfant a besoin de mers pour grandir, et de sonorités moins dures que celles du fouet sur la peau. *"De la musique avant toute chose."* Tout ce que tu cherchais chez les autres, lui le cherche dans la poésie. Le soir. Déjà dans son enfance. Et encore aujourd'hui. Après avoir revêtu son pyjama rouge. Seul avec ses bouquins. Comme ça, il n'emmerde personne et évite les déceptions. Les œuvres complètes d'Éluard, c'était des mois d'économie sur sa paie. Une politique de restrictions sur le rhum et les analgésiques. Quand l'humidité pénètre dans sa jambe trop courte, il cache sa douleur et parle d'autre chose. *"Je t'aime pour toutes les femmes que je n'ai pas connues."* Ses livres, c'est ses amours. Les dernières. Les premières aussi. L'Estropié, il avait cessé de parler aux femmes depuis longtemps. Même qu'il n'avait jamais commencé, rien demandé à qui que ce soit, se contentant de sa séance du jeudi soir, dans la salle obscure du ciné Paramount. Depuis que je le connais, ses amours durent deux heures, une fois semaine, en additionnant la durée du film à celle des pubs et des bandes-annonces. Finissent bien, lorsqu'il n'y a pas que des scènes de pénétration, mais aussi des baisers et des gestes de tendresse. Finissent mal souvent. Quand la bobine est mauvaise et que les habitués se mettent à gueuler parce que les lumières s'allument alors que les uns n'ont pas fini de fermer leur braguette. Que les autres sont fâchés d'être réveillés avant l'heure. Le film, ils s'en foutent. Ils y vont pour dormir et profiter de la clim. Ses amours, il les gère seul. C'est fondé sur des statistiques. La misère morale des ménages à Peau-Noire et ses environs fait la preuve que les pauvres se trompent toujours d'histoire d'amour. À moins qu'une femme se sacrifie au service de *Méchant*, des enfants de *Méchant*, de la famille élargie de *Méchant*, de sa famille élargie à elle. À moins d'une Lonize. Il ne propose à aucune femme de se sacrifier comme Lonize, crevant toute seule dans la maisonnette de Peau-Noire. Lentement. Trop lentement. Toujours amoureuse de son *Méchant*, et désireuse d'aller le rejoindre. Impatiente d'en finir, mais soumise à la volonté de Dieu qui n'a toujours pas jugé bon de mettre fin à son calvaire. Elle se fâche parfois contre Dieu, ses voies impénétrables, essaye de forcer sa décision. Ne mange pas. Se laisse aller. L'Estropié va alors la voir, accepte de l'écouter parler de son *Méchant*. "C'était un homme bien" et l'Estropié acquiesce. "Mange, Lonize. Mange. Oui, c'était un homme bien. Le meilleur des hommes. Tout ce que tu veux. Pourvu que tu manges." Et elle revient à la vie, pardonne à Dieu de l'obliger à rester encore un peu dans ce monde des vivants où elle n'a rien à faire. Et elle mange. Sourit. Heureuse d'avoir convaincu quelqu'un de la bonté de *Méchant*. Un rude travailleur qui ne prenait jamais de congé maladie. Qui payait ses cotisations. Lesquelles avaient finalement été versées à sa veuve et à ses enfants, le jour où l'un des fils, devenu interrogateur principal au service des recherches criminelles, avait menacé le directeur de la caisse de le faire arrêter pour complot contre la sûreté de l'État. La somme était importante. L'Estropié l'avait calculée au centime près. Il n'en avait reçu qu'une partie nettement inférieure à son dû, l'interrogateur principal ayant gardé le gros pour lui. L'Estropié avait donné le chèque à Lonize. Presque rien, en considérant ce qu'elle avait donné à *Méchant*, aux enfants de *Méchant*. L'Estropié, il n'a jamais rien pris de personne, rien demandé à personne. Au début, quand Madame Armand nous donnait de l'argent, il disait que nous ne devions pas l'accepter. Madame Armand, faut dire qu'elle ne nous a jamais laissé le temps de lui demander ou de lui refuser quoi que ce soit. Elle décide. L'Estropié, il a gardé de *Méchant* le principe de ne rien demander. Sa collection, il l'a payée avec ses économies et la garde dans l'idée de créer un jour une bibliothèque qui fonctionnerait un peu comme une cantine populaire dans ce quartier pourri de Saint-Antoine. Afin que les enfants trouvent d'autres choses à lire que la Bible, les recueils de chants d'espérance et les bandes dessinées datant de la fin de la Seconde Guerre mondiale. Qu'ils y découvrent les mers qui manquent à leur enfance. La douceur des mots qui *"mettent des couleurs sur le gris des pavés"*. Sa collection, c'est son trésor, son cadeau aux enfants de ce quartier où personne ne donne rien à personne. Et tu en avais sacrifié l'une des plus belles pièces à l'indifférence de passantes qui ne sortaient même pas d'un poème de Baudelaire. Et ce jour-là, tu méritais qu'il te tue. Si bien que, pris de honte ou de panique, trois soirs de suite, tu n'es pas rentré. Le quatrième jour, tu commençais à nous manquer. Nous sommes allés te chercher à la fin de ta répétition dans une maison du Bas-Peu-de-Chose. La troupe dans laquelle tu travaillais à cette époque avait transformé une résidence en atelier. Il y avait là quelques personnes venues assister à la répétition. Nous évitions de nous rendre sur tes lieux de travail. Nous nous contentions d'assister aux spectacles sans t'encombrer de commentaires. Notre travail à nous commençait à la fermeture du théâtre. Nous n'étions ni tes groupies ni tes collègues de scène. Ni de ces esthètes autoproclamés qui ne se font pas prier pour parler du jeu, du décor. Ce soir-là, tu faisais ton perroquet vert, ton joli cœur. Tu étais assis aux pieds d'E., une spécialiste du développement. Elle n'aimait pas particulièrement le théâtre ni les gens de théâtre. Par politesse ou par communautarisme, elle avait suivi une amie qui cherchait les "lieux où il se passe des choses". Elle ne t'écoutait pas, prenait l'art pour du superflu, et les mots des poètes que tu lui récitais pour une violation de son territoire d'étrangère acquise à la cause du besoin de développement de ton pays. Elle avait épuisé son besoin de parole dans son boulot de missionnaire et te répondait à peine. Elle était là pour aider, aidait, et ça lui suffisait. Et toi, tu lui parlais des poètes d'ici. Je crois que tu aurais eu plus de chance avec des poètes de chez elle. Dans sa logique de bonne marraine, les pauvres n'ont pas droit au langage. Ce n'est pas l'avis de l'Estropié. Il est certain que les E., c'est l'intention poétique en tant que telle qui leur semble superflue. Elle t'a tourné le dos, et tu nous as rejoints. Dans le bar où nous sommes allés boire le verre de la réconciliation l'Estropié t'a demandé pourquoi tu perdais ton temps à vouloir parler d'amour à une pièce de bois mort, une femme raide comme une planche, un gendarme de l'humanitaire qui marchait comme un petit soldat dans une parade militaire. Il t'en voulait encore un peu et ne ménageait pas ses mots. "De quel mal faut-il souffrir pour aller chercher une matière à poème sous le négligé de la robe-sac ? E. avec sa gueule de vierge veuve, son look antisourire comme un cadavre de recluse égaré dans une fête foraine. E. une créature vide d'empathie qui n'inspire aucun symbolisme. E. avec sa gueule de Pénitencier national, sa façon de s'avancer les épaules collées au corps, les bras longs et les jambes droites, comme si vivre n'était qu'une marche rapide sans halte ni détour, afin de ne pas perdre sa place dans les rangs. E. avec ses phrases conventionnelles, sa façon de parler de son boulot de rien du tout comme si là se jouait le destin de l'humanité." Jamais je ne l'avais entendu lâcher des choses aussi cruelles sur qui que ce soit, céder autant à la détestation. Et ce jour-là, j'ai eu peur en pensant à l'état du monde. J'ai compris que la méchanceté, elle n'épargne personne. Que même un homme comme l'Estropié, qui ne demande rien à quiconque, ne peut pas être bon tous les jours. On a parfois trop mal pour vivre de bonté. Il ne pardonnait pas à E. ses certitudes, son déficit d'écoute. Il ne te pardonnait pas tes errances, ta culture du gaspillage des sentiments devant n'importe quel simulacre de présence féminine. Et il en concluait que tu jetais les mots des autres parce que tu avais beau les citer, les apprendre par cœur, les mettre en bouche mieux que quiconque, tu ignorais de quelles lointaines douleurs ils étaient la musique. "Petit c… de petit-bourgeois qui n'arrête pas de pleurnicher…"

Ce n'était pas la première fois que tu nous faisais le coup du grand amour irremplaçable. Déjà tu avais beaucoup pleuré pour M., une espèce d'animatrice culturelle dont la compétence tenait surtout à un accent venu d'ailleurs. Ici, l'ailleurs est une qualité. La preuve d'un grand talent. D'une compétence inégalable. Elle t'avait donné rendez-vous. L'Estropié avait exprimé ses doutes, prédit qu'un tel rendez-vous devait être une équation fausse. Mais que peut-on contre le rêve ? Tu t'étais fait beau en clamant que cette fois c'était la bonne. Vous aviez rendez-vous pour parler d'art, et l'art est un chemin qui mène vite à l'amour. Et, sans trop y croire, l'Estropié te traitant toujours de petit-bourgeois pleurnichard, nous t'avions coaché sur les mots à dire et les propos à éviter. Nous n'y connaissions pas grand-chose. Avec Josette, je n'ai jamais parlé d'amour. L'Estropié n'a même pas de Josette. Mais nous te conseillions le calme : évite la précipitation. Tu pouvais être si maladroit, trop sincère trop vite, comme dit Madame Armand. Tu étais parti, *"heureux qui comme Ulysse…"* Dans le bateau, nous attendions ton retour. Croyant que tu ramènerais, pour toi, pour nous, une odeur de grand bleu, d'amour fou, des images de joie pure auxquelles nous nous accrocherions pour attendre l'avenir les soirs de mauvais sort. Tu étais revenu tout triste. Nous imaginions une gaffe de ta part. Un problème de débit : t'avais encore parlé trop vite, tout dit un peu trop tôt. Ou d'incompréhension : tu t'étais embrouillé, t'avais pas été clair. Mais rien de tout cela. Elle avait oublié et n'était pas venue. Et toi, bête comme une chanson de Brel, tu avais attendu, te reprochant de t'être peut-être trompé de soir. Mais tu ne t'étais pas trompé, tu avais inscrit la date à la craie sur le mur juste au-dessus de ton matelas, et l'Estropié, sans cautionner ton impatience, t'aidait à faire le compte des jours. Elle n'était pas venue. Et lui regrettait de t'avoir engueulé et d'avoir encore une fois été exact dans ses calculs. Tu n'avais rien des étalons aux pieds desquels elle se jetait, et toi tu pleurnichais, ridicule et superbe d'affection. L'Estropié, tu étais sa faiblesse. Faible pour deux, tu succombais à toutes les bêtises qu'il ne se permettait pas. Il t'enviait ce luxe qu'est le laisser-aller, et t'admirait secrètement d'avoir le courage de plonger dans le rien en toi. Et, lorsqu'il t'engueulait, il aboyait surtout après la part de lui qui jalousait cette expression permanente du ratage qui faisait ton identité. Souviens-toi de ce qu'il t'avait dit, quand tu étais revenu du rendez-vous raté donné par la belle oublieuse : "Qu'est-ce que tu crois ? Que les gens changent parce que toi ? Que la terre va inverser le sens de sa révolution parce que toi ? Que les M., quand elles sont sobres, elles se souviennent de ce qu'elles disent quand elles sont bourrées ? Parce que toi ? Il y a des gens qui sèment le mal comme par inadvertance, c'est comme ça. Et d'autres qui en prennent plein la gueule, c'est comme ça. Arrête de gaspiller les mots des autres." Les mots des autres. Tu étais ça pour nous : un porteur génial des mots des autres, les semant à tout vent, aux M., aux E., dans des salons où l'on jouait aux démocrates-esthètes-raffinés tout en ayant pactisé avec toutes les dictatures, l'armée, le capital, la corruption organisée. Devant n'importe quel public paresseux et inattentif. À tomber amoureux de filles qui ne t'aimaient pas, et le désespoir te conduisait dans des lieux pourris. Ta tristesse se payait des escales dans les bars glauques du bas de la ville, sur les marches des églises. Pour laquelle pleurais-tu le soir où tu nous as suivis dans le deux-pièces? Tu ne nous l'as jamais dit et nous ne l'avons jamais demandé. Ces choses-là ne se racontent pas. Et voilà que dans la chemise que m'a confiée Madame Armand, il y avait des mots de toi. Écrits de ta belle écriture de calligraphe. À l'école primaire, la maîtresse te désignait pour recopier sur le tableau noir les leçons et les poésies. Ça, tu nous l'avais raconté. Comment la maîtresse était jolie, mais tu lui préférais ta mère. À l'époque, tu n'aimais que ta mère. Tu nous parlais souvent des choses de ton enfance, mais tu nous avais caché ces textes que tu écrivais dans la nuit. Tous genres confondus. Souvent, sans ponctuation. Moitié récits, moitié poèmes. Tu t'en foutais pas mal des genres, des conventions qui font les esclaves. En fait, tu écrivais avec ta voix. Pour te lire, il suffira de l'entendre. Nous n'avons pas encore lu l'ensemble. Tes œuvres complètes. Posthumes. La plupart sans titres, à l'exception de huit fragments, se succédant et formant un ensemble. Ta *Parabole du failli*, nous l'avons lue dès que nous sommes revenus de chez Madame Armand. C'est seulement après que l'Estropié a compté les billets que contenait l'enveloppe. Beaucoup d'argent. Il faudra trouver des raisons de le dépenser. Beaucoup de textes. Nous les lirons. Rien ne presse. Maintenant que tu es mort, nous avons tout le temps. Quand on publie un texte de son vivant, je suppose que c'est comme une lettre de demande, un appel au secours. On s'imagine qu'un lecteur, une lectrice, répondra à l'appel. Mais des textes posthumes ne peuvent plus rien pour leur auteur. Ils renvoient les lecteurs à leur aveuglement, à tout ce qu'ils n'ont pas pu saisir. Ta parabole, nous avons décidé qu'on ne la donnera à lire à personne. Pour l'instant. Nous ne la publierons que lorsque nous aurons rencontré celle à qui tu l'avais destinée. Ou une femme dont la présence s'imposera comme une évidence qui commande le cantique. C'est la meilleure façon de rester ton ami et de se faire pardonner de t'avoir pris pour un bon à rien de comédien, un parasite de la douleur : chercher la femme qui ne jettera pas tes mots dans la bouche d'égout éternellement béante en face de l'église de Saint-Antoine. C'est tout ce que l'on peut faire pour toi. Maintenant que tes restes pourrissent dans un quelconque cimetière d'une grande ville aux constructions trop hautes qui donnent des idées aux garçons trop fragiles qui se prennent pour des oiseaux noirs.

prophétie

Hommes de malfaisance et de mauvais augures, hommes de lassitude et de désespérance, regardez! Apprenez comme moi à suivre son passage à la distance de son choix. Et, ouverts à l'amour, le regard clair enfin, vous lirez dans ses yeux vos devoirs de merveilles, vous suivrez dans ses mains lignes de chances pour nous tous. Et revenus de vos faiblesses et anciennes frayeurs, vous direz : pardon à toute vie, nous nous étions trompés, nous avons mal aimé.

Nous t'avions pris pour cela : un simple porteur des mots des autres. Et voilà que le soir où le présentateur des nouvelles étrangères a annoncé ton décès tandis que le camionneur et sa femme se rejouaient la scène du grand amour et de la jalousie morbide, nous sommes revenus de la grande maison jaune de Madame Armand avec des mots à toi. Le titre : *Parabole du failli*. "*À…*", une dédicace inachevée. L'Estropié a eu beau chercher dans sa tête, nous n'avons pas trouvé qui pouvait être la destinataire innommée. Nous avons fait le tour des femmes de ta vie. Celles que nous connaissions. Celles dont tu ramenais la légende dans le deux-pièces où aucune d'elles n'a mis le pied en vrai.

Il y avait l'aide-infirmière de la clinique où ton père t'avait fait enfermer une semaine entière. Une semaine terrible. Tu avais disparu. Auparavant, il t'était arrivé de rentrer tard ou de passer la nuit ailleurs. Mais tu ne laissais jamais passer deux jours de suite sans revenir t'étendre sur ton matelas. Toi qui n'étais pas né dans ce quartier, tu l'avais adopté. C'était lui, ta maison. Tu t'y étais fait plus d'amis que nous qui y avions grandi. L'Estropié connaît les corridors sombres de Peau-Noire et du Fort-National. Les vieilles familles, les derniers artisans et les petits métiers qui sont restés fidèles à leurs résidences délabrées et enseignes poussiéreuses, c'est mon milieu naturel. Ils restent, soit par habitude, soit par manque d'énergie, soit simplement par sagesse. Pourquoi chercher ailleurs, si c'est partout pareil! Je connais ceux qui sont restés, l'Estropié, ceux qui sont venus. À nous deux, on couvre les bas-fonds et les devantures. Tu nous surpassais. Tu avais lié amitié avec tous. Anciens, nouveaux, jeunes, vieux. On te voyait rigoler avec le coiffeur tandis qu'il travaillait. Il pestait contre les pouilleux, ces nouveaux venus qui n'étaient que des parasites comme tous les étrangers. On te voyait ensuite faire la fête avec ces nouveaux venus. Tu étais devenu un enfant de Saint-Antoine, un tisseur de liens plus efficace que nous qui sommes nés là. Notre lot quotidien devenait ton miracle, ton pays des merveilles de petit garçon fatigué des dîners assis, des *"bonnes manières à table"*, des transactions sordides en tenue de ville. Tu comparais Saint-Antoine à ton visage dans lequel la nature avait percé des petits trous. Selon toi, on ne pouvait pas les caresser d'un geste lisse. Il fallait monter, descendre, déambuler sans fin dans leurs aspérités. Marcheur toi-même, tu allais partout, te mêlais de tout. La pauvreté levait d'inutiles querelles entre les habitants. Quand les vraies cibles sont hors d'atteinte, on déverse sa colère sur ses proches et ses voisins. Tu ramenais le calme, et conscients de la vanité de leurs petites guerres, les belligérants renouaient les amitiés de la veille. Une semaine sans nous visiter, ce n'était pas normal. Le quartier te réclamait, même la femme du camionneur qui nous traite toujours d'artistes, de bons à rien. L'Estropié et moi, nous sommes partis à ta recherche. Tes amis du théâtre n'avaient pas de nouvelles non plus. Alors nous avons osé rendre visite à ton père dans sa maison austère d'agent de commerce. Nous avons sonné. La première réponse, ce furent les aboiements inamicaux d'un chien de race. Ce genre de chiens qui se méfient des piétons. Puis, ce fut le gardien qui nous passa à la question. Dans des quartiers comme le tien, avec les visiteurs inconnus, on procède par gradation. Ils n'ont pas droit tout de suite au maître de maison. Dix minutes après l'interrogatoire du gardien, ton père est venu jusqu'au portail. Il ne l'a pas ouvert. Sa voix nous parvenait de l'autre côté de la barrière, nous accusant d'être les deux voyous qui, selon des informations dignes de foi, avaient détourné son fils de sa destinée de citoyen modèle. "La police vous connaît. Vous êtes repérés. Mais j'ai pris les mesures nécessaires. Puisqu'il n'arrive pas à se comporter en adulte, je l'ai placé dans une institution…" Plus il parlait, plus sa voix s'enflammait. Excité par les cris, le chien avait recommencé à aboyer. Sa voix accompagnait celle de son maître. "Microbes." "Parasites." Mais, côté injures, l'Estropié est blindé. *Méchant* ne les avait pas épargnés, ses frères et lui. Et, à Peau-Noire, n'importe quelle fillette en débite plus à la minute qu'un agent de commerce en colère, debout à l'entrée de sa villa dans un quartier résidentiel. L'Estropié a calculé que des "institutions", il ne devait pas en exister un millier. Et combien pouvaient convenir à un père ne souhaitant pas que, même dans ses errances ou ses enfermements, son fils se trompe de compagnie et fréquente des fous d'une origine sociale inférieure à la sienne? Nous sommes allés chez Madame Armand, et au bout d'une demi-heure ses contacts lui ont révélé le nom de l'établissement où tu te trouvais. Nous ne pouvions pas y aller seuls. Qui sommes-nous pour parler aux médecins? Le rédacteur en chef refusait d'intervenir et m'avait conseillé de m'occuper de mes morts sans me chercher d'emmerdes avec les vivants. Josette, dont l'affection me touche sans que j'arrive à l'aimer, m'avait mis au courant de la visite de ton père au journal. Il était venu dénoncer la présence dans la rédaction d'un élément subversif qui menaçait l'ordre social. Ce jour-là, je l'ai aimée un peu. Elle t'en voulait à cause de la place que tu prenais dans ma vie, mais elle regrettait de ne pouvoir m'aider. Et c'était un peu comme si nous étions mariés. Rappelle-toi. Nous commentions souvent cette proposition : *"Le poème est toujours marié à quelqu'un."* Tu l'interprétais comme la mise en commun de deux fatalités. L'Estropié l'entendait autrement, comme une première parole qui fondait toutes les autres, l'Estropié et moi nous ne pouvions pas nous présenter à la clinique psychiatrique et demander à l'agent de sécurité en faction dans la guérite de nous laisser entrer. Heureusement les gens de la troupe avec laquelle tu travaillais sont intervenus. Ils ont parlé au médecin-chef et il a répondu qu'il n'avait aucune raison de te garder : s'il fallait interner tous les excentriques… sauf que ton père n'avait payé que pour ton transport par ambulance et les premiers tranquillisants : restait le solde des six jours de soins inutiles et la clé de ta sortie était dans le règlement. Si bien que nous sommes retournés chez Madame Armand. Nous lui avons exposé la situation, elle nous a donné ce qu'il fallait pour compléter la somme réunie par tes gens du théâtre. Le médecin-chef a reçu l'argent avec un grand sourire et nous a guidés vers le jardin. Tu marchais à côté de l'aide-infirmière. Vous aviez l'air d'un couple, malgré les uniformes qui vous opposaient. Elle, dans sa tenue d'employée de l'institution. Toi, dans ton uniforme de détenu de la médecine psychiatrique. Tu nous as fait signe de patienter. Tu n'étais pas pressé de partir. En marchant, tu lui récitais *Nedje* de Roussan Camille : *"Tu n'avais pas seize ans toi qui disais venir du Danakil et que des Blancs pervers gavaient d'anis et de whisky dans ce dancing fumeux de Casablanca…"* Vous marchiez. Elle te regardait, mi-séduite, mi-apeurée. Elle avait vingt-deux ans et en paraissait seize. Nedje. Après la lecture du poème, tu lui disais que ce prénom lui irait bien, que, comme ceux de la jeune fille du poème, ses *yeux étaient pleins de pays*, et que tu repasserais la voir de temps en temps, même s'il te fallait pour cela prendre abonnement dans une cellule. Tu n'y es retourné qu'une seule fois. Elle travaillait et n'avait pas droit aux visites. Tu l'avais attendue. Mais, en dehors du cadre, le charme était rompu. Pour que la séduction fonctionne, il aurait fallu que tu passes ta vie dans l'institution, avec des sorties dans le jardin, durant lesquelles tu lui aurais récité des poèmes. Dans la vraie vie, cela ne pouvait pas marcher. Dans la rue, tu avais voulu lui réciter d'autres poèmes. Cela la gênait. À l'intérieur, tu étais le plus adorable des patients. Dehors, tu devenais un fou qui attirait l'attention. Alors qu'elle ne rêvait que d'une vie toute discrète. Oui, elle adorait ta voix, elle t'avait écouté pendant six jours. Ta voix et tes déclarations d'amour par voix de poètes interposées, c'était beau et inoubliable comme une belle semaine de vacances. Mais elle avait des projets avec un étudiant de la faculté de médecine. Le lendemain, l'alcool aidant, tu jugeais qu'elle n'était pas si jolie que ça et ne ressemblait pas vraiment à l'image que tu te faisais de Nedje. Sous l'influence de son étudiant de fiancé, elle devait pencher plutôt à droite. Et tandis que l'Estropié se moquait en murmurant : *tes yeux étaient pleins de pays*, tu pestais contre la droite. À l'époque, tu te prenais pour un homme de gauche. L'Estropié continuait de sourire en te rappelant que l'élan ça ne suffit pas. Il t'invitait à lire le Manifeste et d'autres classiques. Mais tu t'y refusais. "« Pas besoin de théorie. La poésie suffit. » Et tu citais : « *J'ai réveillé pour le prolétaire enchaîné tout l'espoir qui dormait dans le cristal des lacs* », Carlos Saint-Louis, tu connais ? La poésie suffit. Toutes les promesses d'avenir sont dans ce vers de Davertige : « *Omabarigore la ville que j'ai créée pour toi en prenant la mer dans mes bras et les paysages autour de ma tête.* » L'idéal communiste, il est là !" Et soit pour oublier la jolie infirmière, soit parce que tu y croyais vraiment, tu t'en allais fièrement t'acoquiner avec tous et n'importe qui. Il suffisait que quelqu'un dise : "Je veux changer le monde." Tu t'es ainsi retrouvé à distribuer des tracts la nuit, à assister à quelques réunions de cellule. Tu pensais vraiment que tu allais changer le monde en Omabarigore, ville inventée par le poète où *"la douleur tombe…"* et *"s'ouvrent toutes les portes de l'amour"*. C'est dans une de ces réunions que tu as rencontré J., la militante. À vrai dire, tu l'avais connue à la petite école. Un amour d'enfance qui n'avait pas duré. Au nom du passé et de l'avenir, tu les as aimées toutes les deux. La petite fille d'autrefois, et la femme nouvelle qui lisait *Chine nouvelle*. Mais, si elle avait gagné en matière de robustesse et de conviction, elle avait perdu ses tresses de fillette que tu aimais tirer dans vos batailles d'enfants, et toute trace de romantisme. Sévère, elle te rappelait à l'ordre d'une camaraderie sans lyrisme. Toi, tu aurais voulu la prendre dans tes bras et lui dire Neruda : *"Mathilde bien-aimée ce fut paix pour mes yeux et soleil pour mes sens."* Elle ne voulait pas de tes bras et sortait en semaine avec un gourou de la révolte qui ne souriait jamais, couchait avec toutes ses adeptes. En week-end, elle préférait un peintre inculte, peu doué pour les phrases complètes, qui la laissait parler toute seule. vous vous réunissiez dans une sorte de poulailler en imaginant que les jacasseries de la volaille couvriraient le son de vos voix et vous protégeraient de la police politique. Un soir tu as fui le poulailler, la cellule et la réunion, et tu t'es mis au milieu de la rue pour réciter des poèmes révolutionnaires. Et, entre deux poèmes, tu chantais *Hasta siempre*, espérant te faire arrêter pour appel à la subversion. Heureusement, ce soir-là, les passants n'étaient pas des espions, rien que des citoyens pressés de rentrer chez eux. Ou, si espions ils étaient, c'étaient des espions peu instruits qui ne parlaient pas espagnol. Ou peut-être avaient-ils compris que tu ne représentais une menace que pour toi seul. Un "militant" est venu nous prévenir. L'Estropié a pris appui sur sa canne, et nous sommes allés te chercher. Tu es remonté avec nous vers Saint-Antoine, jurant solennellement que tu en avais fini avec la révolution. Et l'Estropié t'a demandé, c'était quand que tu avais commencé ? Et tu n'as plus jamais parlé de J. Ta *Parabole du failli* ne peut être dédiée à J., qui a failli elle aussi d'une tout autre façon. Aujourd'hui, elle travaille pour le FMI ou une quelconque institution affiliée à la Banque mondiale. Ni à la belle infirmière qui fait moins que son âge. Cependant, elle doit bien exister quelque part, cette femme de ton poème qui inspire la bonté à tous les hommes de malfaisance. Si elle existe, ils n'ont pas dû la rencontrer. La malfaisance ne s'est jamais mieux portée. Tu te souviens, le soir, dans notre bateau, nous jouions à répertorier les mauvaises actions dont nous avions été témoins au cours de la journée. Il y en avait tellement. Je ne sais comment l'Estropié parvenait à tenir le compte et à les classer en catégories précises. Les crimes de sang : un homme qui soupçonnait sa femme d'adultère l'avait battue à mort et avait déposé le cadavre dans le hall d'entrée de la télévision nationale ; un automobiliste, auxiliaire de la police, avait abattu d'un coup de revolver un chauffeur de tap-tap dont le véhicule avait heurté la voiture neuve qu'il conduisait, sous les yeux de sa maîtresse et des passagers du tap-tap ; un massacre à la machette ordonné par des grands propriétaires avait été perpétré contre des villageois syndiqués, réclamant une réforme agraire. Les arnaques de la haute finance et des grandes institutions : un programme de stérilisation des femmes dans les quartiers populaires caché dans des kits d'aide alimentaire d'urgence ; le transfert des fonds de pension des employés de la fonction publique sur le compte du ministère de la Défense. Toutes les injustices quotidiennes, auxquelles on se fait, qu'on subit en ayant honte de les subir. Ce serait bien qu'elle existe, ta porteuse de lumière. Pour prolonger ton rêve, j'écrirai peut-être dans ta notice biographique que tu l'as rencontrée. Mais alors comment expliquer ta chute de douze étages, les cadavres et les réfugiés que crache la station des nouvelles étrangères, les blessures muettes et les morts lentes qui font les nuits de Saint-Antoine ?

malédiction du poète

*À quoi bon parler si ce que je contemple est toujours
plus beau que mes mots!*

    *Entre mon incompétence et ta beauté, entre pré-
sence qui m'invente et absence qui me défigure, je suis
ce tressaillement qui ne sait pas choisir entre le mot et
le silence.*

Ils ont fixé la date de l'hommage. La liste est longue. Nombreux sont ceux qui voudront prendre la parole, vanter tes qualités, raconter au monde ce qu'ils ont partagé avec toi. La mort a cette vertu de sanctifier les gens. Martyr, héros, génie, c'est fou comme les cadavres inspirent le dithyrambe. Celui qui sanctifie devient lui-même un saint par sa complicité avec le disparu. Rassemblement de saints autour de saint Pedro. La couverture de l'événement reviendrait de droit à la rubrique culturelle. Le directeur de l'information, d'ordinaire peu porté sur le culturel, a pourtant plaidé la cause de son service auprès du rédacteur en chef. Après tout, bien plus que ta mort, l'hommage qui te sera rendu, cette entreprise massive de sanctification, s'inscrit comme une date importante dans la vie de la cité. Pas autant que la venue du pape, une éclipse, un naufrage, ou la procession de la Fête-Dieu. Comme le dit l'Estropié, la valeur des faits de vie, ou de mort, tient au nombre qu'ils mobilisent et au statut des personnages, dans une combinatoire variable. Comme le dit encore l'Estropié, te voilà un objet de convoitise par le pouvoir du nombre. Au journal, les deux sections rivales ne cachent pas leur dépit. Le rédacteur en chef a tranché : il m'a confié le reportage. À moi qui ne suis presque rien dans la hiérarchie de la rédaction. Il m'a exprimé sa confiance. "Je sais que vous ne me décevrez pas. Mais, plus qu'une affaire de confiance et de compétence, c'est une affaire de principe." Des principes, j'ignorais qu'il en avait, en dehors d'une science rare de l'équilibre, du "Ne fâchons jamais personne". "Un devoir moral, presque rien, mais un devoir moral tout de même. L'amitié, c'est sacré." J'ignorais qu'il avait des amis. Après avoir donné l'accolade à ses visiteurs, anciens condisciples, alliés et congénères, il se précipitait dans la salle de rédaction pour nous les dénoncer comme des emmerdeurs. Il nous livrait sur eux des secrets qui feraient le bonheur de tout maître chanteur. J'ai compris que je devais cette marque de sollicitude, cette concession à l'amitié, à Josette qui avait pris son courage de réceptionniste à deux mains pour délaisser son poste quelques minutes, le temps de se rendre au bureau du chef, lui dire qu'il ne me restait de toi que ta mort, presque rien, et qu'il fallait me le laisser, ce rien. Les questions du chef ne sont jamais gratuites. Il m'a demandé ce qu'il y avait entre elle et moi. "Une brave fille, cette Josette. Vous devriez vous mettre ensemble. Croyez-moi, mon jeune ami. N'attendez pas d'être vieux pour suivre la voix de la sagesse. Le mariage vous offre un abri qui permet d'aller voir dehors sans vraiment se mettre en danger. Les femmes sont plus conciliantes qu'on ne le croit. C'est juste une affaire de dosage. Je ne sais pas si cette jeune femme vous aime, mais je suis certain qu'elle ne vous trahira pas." *La poésie est toujours mariée à quelqu'un.* " Josette a parlé pour moi. Je l'ai remerciée avec des mots plats. Elle a souri. J'ai aimé son sourire. Nous avons fait l'amour trois ou quatre fois, presque sans paroles. Cela lui coûtait d'aller dans ces hôtels minables, de se dévêtir dans une chambre de passage, de m'embrasser et de m'abandonner son corps sans correspondances entre nos aspirations et désirs respectifs. Elle pensait au temps long. Moi, je ne disposais que du temps court de l'étreinte. Mais son abandon était réel et n'avait rien d'une avance sur recettes. Elle donnait. Je ne l'ai jamais vraiment regardée. Nous sommes, elle et moi, situés entre le petit personnel et les hautes instances du journal, au plus bas du milieu. Nous pouvions le temps d'une étreinte nous mettre ensemble sans être ensemble. Ce matin, son sourire était plus beau que mes mots. Tu es venu quelquefois m'attendre à la réception du journal. Tu l'as vue. Mais elle ne fut ni pour toi ni pour moi *"présence qui t'invente"* ou *"absence qui te défigure"*. Je ne peux pas dire pour l'Estropié, qui ne se mêle pas de ces choses-là. Elle n'est pourtant pas moins jolie que toute tes M. et tes E. Son défaut, c'est d'être réelle. Nous sommes bêtes, Pedro. Bêtes de n'avoir pas eu cette discussion plus tôt. Bêtes de chercher en nous et pour nous projeter des êtres impossibles. Bêtes, parce que ce n'est pas seulement entre le mot et le silence que nous n'avons pas su choisir, c'est surtout entre l'ombre et le destinataire. Je te pleure, Pedro. Peut-être n'es-tu mort que pour des fantômes. Je te pleure en pensant au sourire de Josette que je n'aime pas. Mais j'ai aimé son sourire ce matin. Son sourire n'est pas le bout du monde, mais il existe. Et aucun sourire n'est le bout du monde. L'Estropié est convaincu que la dédicace inachevée est la preuve qu'elle n'existe pas, la femme de ton poème. Je ne sais pas ce qu'il faut croire. Je t'en veux de t'être trompé de désespoir. À chercher mal. À rater tes Josette à toi. Mais je ne t'en veux pas d'avoir désespéré. Rien n'est fade et vilain comme les gens qui ne désespèrent pas. Comme mon rédac-chef. La seule chose qui le désespère, c'est le mauvais usage de la ponctuation. Il me reproche de faire des phrases trop longues, de ne pas savoir m'arrêter, poser une virgule, jouir du silence imposé par le point. J'avoue ne pas arriver à trancher. J'ai parfois envie de laisser courir les mots, d'écrire comme tu parlais, comme les voix de la colère, de suivre le flux des cris qui ne s'arrêtent qu'à épuisement de la voix. À d'autres moments, me vient le rythme calme des paysages dans lesquels chaque chose occupe la place qui convient, attend son tour sans impatience. Le désespoir se moque des normes académiques. Il dérange l'ordre de la phrase et s'oppose aux grammaires progressives. Te souviens-tu de ce couple de semi-artistes semi-intellos chez qui nous allions quelquefois ? Ils partageaient un amour chiche, dans le confort misérable de la peur du désespoir. Nous allions chez eux discuter. Ils acceptaient de parler de poésie et de littérature tant que cela restait un exercice scolaire. La conversation leur convenait jusqu'à ce que, par provocation, tu abordes le chapitre du désespoir avec des vers de Saint-Aude ou d'un quelconque noyé volontaire. Le ton changeait, la femme commençait à regarder l'heure, nous rappelant qu'elle avait des cours à donner le lendemain. L'homme ne savait pas choisir entre le besoin de converser et les habitudes du couple. Nous partions. L'Estropié tenait le compte du nombre de fois où ils nous avaient reçus avec les mêmes gestes, les mêmes mots, dans cette fixité exemplaire des gens tranquilles avec eux-mêmes. Un soir, tu avais voulu leur briser un disque de Ferré sur la tête. Pour eux, ce n'était rien qu'un homme qui vocifère. Un malade, peut-être. Toi, tu ne sortais pas sans Léo. Tu citais : *"Je ne suis qu'un mirage oublié par ma mère au fond d'une poubelle."* Ils refusaient toute forme d'instabilité, préféraient les rimes plates aux vociférations. C'était ça, leur amour : un échange de rimes plates. Quand ils se quittèrent, leur rupture fut sans éclat. Pourtant l'homme était désespéré. Il s'en cachait. Une seule fois, quelques jours après la séparation, il est venu dans notre deux-pièces. Nous sentions qu'il avait mal. Nous voulions lui dire : aboie, vocifère. Mais il n'a rien voulu laisser paraître de la douleur qui l'habitait. Séparés, ils sont restés proches l'un de l'autre dans leur commune détestation du déséquilibre et du désespoir. L'homme participera sûrement à la cérémonie d'hommage. La femme, c'est moins sûr. Les rues sont des hauts lieux de déséquilibre, il y passe trop d'"autres", elle les évite autant que possible et leur préfère les salles de classe. Nous les laissions à leur confort et descendions vers la ville basse. Tout changeait, les rues, la lumière, les couleurs, les chiens, plus petits, miniatures de bâtards auxquels tu citais Yacine : *"Ici est la rue des vandales, des mendiants et des éclopés... Ici est notre rue."* Ils fuyaient, plus habitués aux coups qu'aux paroles de poètes. Tu nous demandais si dans l'Algérie de Kateb les chiens comprenaient sa poésie. La révolte. Le désespoir. L'Estropié te répondait qu'il y avait peu de chance. Et nous remontions vers Saint-Antoine, fatigués de la longue marche. Il arrivait souvent que tu nous abandonnes sans nous confier ta destination. Peut-être allais-tu chez Madame Armand, écrire à cette femme inconnue de nous. Je ne te reproche ni ta colère ni ton désespoir. Seulement de t'être trompé d'interlocutrice. Le couple uni et désuni viendra peut-être te rendre hommage. Mais, aucun des deux ne te pardonnera jamais ton désespoir. Comme Léo et d'autres, tu avais cette qualité de vociférer, de braire, de gueuler. Comme les bêtes. Comme les chiens. Les chiens : ils aboient, ils mordent, ils se blessent en voulant sauter par-dessus les murs qui les emprisonnent, ils se mordent la langue en voulant mordre la laisse, mais ils comprennent la nécessité de ne pas pactiser avec le réel. Dans quelques jours, des gens de bien iront rendre hommage à un chien, et moi j'ai remercié Josette en la regardant vraiment pour la première fois. Il me reviendra de décrire l'ambiance, de faire ressortir la profondeur et la sincérité de leurs propos. Que ferais-tu à ma place ? Je le sais. Je te vois leur criant : "Silence, fermez-la", comme l'autre qui demandait de ne pas applaudir à la fin de sa chanson, vu qu'*avec le temps…* Je t'entends réclamer *la paix des chiens*. Te battre contre tous pour laisser à la mort le silence qu'elle mérite. Je te vois leur dire : "Mais, foutez donc la paix au désespoir de l'autre. Retournez à vos vies. Épargnez-vous l'inconfort du détour pour saluer son entrée dans le néant. À moins que ce ne soit une visite intéressée, une démarche politique. Si c'est le cas, ce n'est pas grave, inscrivez vos noms sur la liste et restez chez vous, on fera comme si vous étiez venus… Vraiment, épargnez-vous cette peine. Les vers ont depuis longtemps commencé leur travail. Ils travaillent vite, les vers. Ne troublez pas la paix des chiens." Je sais que, si tu te trompais toujours sur le réel, tu désirais aimer. Je sais aussi que, même sans avoir jamais pris le temps de nous demander à l'Estropié et à moi quelles étaient nos blessures, tu aurais réclamé la paix pour nos dépouilles.

On ne peut se souvenir de tout. J'avais oublié Altagrace, ta fiancée de la province. C'était les vacances. L'Estropié était en chômage forcé durant la période de la fermeture des classes. Et moi j'avais obtenu mon congé annuel du journal, laissant les morts pour quelques jours à un stagiaire. La tactique de l'administration n'a pas changé. Quand un rédacteur part en congé, le journal engage un stagiaire dont le stage non concluant s'achèvera au retour du vacancier. L'Estropié passait le gros de ses journées à jouer aux dominos avec les chômeurs du quartier. Ce ne sont pas les chômeurs qui manquent. Ni les experts. L'Estropié est imbattable aux dominos. Enfant, il avait appris à jouer avec les voyous de Peau-Noire. Quand il revenait de l'école, il s'arrêtait à l'une des tables de jeu installées au milieu de la rue. La table ne dérangeait personne. Les voitures ne pénètrent pas dans les corridors de Peau-Noire. Ce n'était pas vraiment une rue. Un passage, avec juste la place pour la table et les chaises. Pas toujours des chaises, plus souvent des tabourets ou des blocs. À Peau-Noire, on improvise avec ce qu'on trouve. Pour la bouffe, l'eau, l'ameublement. Pour tout. Les joueurs se succédaient, les perdants étaient forcés de boire de l'eau bouillante ou de s'attacher des blocs au cou. Les meilleurs ne perdaient pratiquement jamais leur place et leur journée entière y passait. L'Estropié était attiré par les nombres et comprenait d'instinct les principes du jeu. Les joueurs lui conseillaient de rentrer chez lui. Le jeu, les conversations surtout, qui tournaient autour de la vie sexuelle des femmes du quartier, n'étaient pas de son âge. Tous connaissaient *Méchant*, et nul ne voulait l'avoir pour ennemi. Mais l'Estropié se faisait oublier, se faisait encore plus petit, se mettait derrière le joueur le plus faible et lui soufflait les coups. Les perdants enfin vainqueurs ne souhaitaient plus son départ. Les experts étonnés lui demandaient où il avait appris. Et lui disait qu'il n'avait pas appris, que les choses lui paraissaient évidentes. Ils ont fini par lui faire une place à la table des maîtres. Certains d'entre eux n'avaient jamais connu d'autre activité dans leur âge adulte que de boire des coups quand ils pouvaient se les payer, et de jouer aux dominos. Sept jours sur sept, sauf en cas de cyclone ou de couvre-feu, et les jours gras où ils ne jouaient que le matin et passaient leur après-midi et leur soirée à danser sur la musique des bandes à pied en suivant le parcours du défilé carnavalesque. Les dominos, c'était leur vie, l'instrument de leur survie. Des amis venaient parfois leur offrir un emploi ; des concubines délaissées venaient menacer leur homme de le remplacer par un autre, ils ne bougeaient pas. Le jeu était devenu leur seule forme d'être, leur seule victoire sur la vie. S'arrêter de jouer avant le coucher du soleil, c'était mourir. Les règles, les trucs, les tactiques de déstabilisation de l'adversaire, le mélange d'intuition et de calcul mental qui leur permettait de devancer les coups et de "tuer" les doubles, c'était leur savoir, le domaine d'excellence qui donnait de la valeur à leur existence. Le petit arrivait avec une jambe plus courte que l'autre et les défiait tout en clamant n'avoir pas appris. Ils étaient vexés et fiers de trouver un probable héritier, et lui enseignaient les quelques principes qu'il ne maîtrisait pas encore. Jusqu'au jour où *Méchant* s'est pointé avec le fouet de nerfs de bœuf. Il n'y avait pas trois cents pas d'une venelle à l'autre, entre la table de jeu et la maison. Pour une fois, l'Estropié n'était pas parvenu à compter. Mais quand il est arrivé chez lui, il avait la peau zébrée aux couleurs du drapeau de la dictature : noire et rouge. C'est la seule fois aussi où Lonize a dit à *Méchant* qu'elle regrettait de lui avoir donné des enfants qu'il traitait comme des bêtes et transformait en délateurs. Ses frères, pour éviter les coups, avaient dit à *Méchant* où trouver l'Estropié. Depuis ce jour, jusqu'à la mort de *Méchant*, l'Estropié n'avait jamais rien confié à ses frères ni joué aux dominos.

C'était les vacances. Tu avais proposé de partir loin, dans une quelconque campagne. Tu avais pris une carte et posé ton doigt sur un lieu de hasard. Le lendemain, nous sommes allés dans cette ville de province qui n'avait pour lieu de rencontre qu'une place, avec des bancs, quelques arbres, et une statue au nom d'un presque héros, un subalterne des nobles causes ayant tenu un rôle mineur dans la guerre de l'Indépendance. L'Estropié pestait. Nous n'avions pas où dormir, juste de quoi payer nos places pour revenir à la capitale et acheter une bouteille de rhum. L'Estropié se reprochait de t'avoir suivi : même le hasard était contre toi. C'était la deuxième fois que tu nous conduisais par hasard dans un lieu de mort qui ne donnait même pas sur la mer. Mais tu as dit que la vie, ça se crée, s'improvise comme un spectacle. Le soir tombait. En une heure nous avions fait le tour de la ville, repéré ses restes de beauté, suivi les traces du délabrement. L'Estropié avait compté les maisons qui n'avaient pas été repeintes depuis longtemps. Improviser ? Tu as trouvé une brouette. Je t'ai aidé à la pousser, et nous l'avons installée au milieu de la place, juste en dessous de la statue représentant le champion local de l'histoire nationale. Les quelques personnes assises sur les vieux bancs nous regardaient, sidérées. Tu as emprunté un chapeau à un vieil homme qui t'a laissé faire comme s'il avait atteint l'âge où tout lui était devenu indifférent. Tu t'es mis debout sur la brouette, et tu as commencé à parler. *"Frères humains qui après nous…"* Villon, c'était bien, un prologue en forme de harangue. Puis, tu t'es tourné vers la statue, et tu as parlé en son nom. La ville ne semblait pas avoir d'avenir. Les événements les plus marquants de sa vie quotidienne ne devaient guère être que les décès des vieux et les départs des jeunes. Pas de présent et pas d'avenir. Mais tu pouvais lui offrir un passé, une dimension épique. *"J'ai besoin de légendes, pour t'aimer, mon amour…"* Il n'y a pas qu'en amour. Les petites villes aussi ont besoin de légendes. Tu as redonné vie au héros de la statue : *"Au temps longtemps, c'était merveille, tambour battait la générale…"* Et les gens ont commencé à se rassembler autour de toi. Le presque héros de la statue devenait au fil des mots un personnage immense, un Dessalines, un Alexandre. Et les gens ont continué à se rassembler autour de nous. Tous les bancs étaient occupés. Autour de la place, les portes des maisons s'ouvraient, les ampoules s'allumaient à l'intérieur, et des familles entières sortaient des chaises et s'asseyaient devant leur domicile pour écouter tes mots et suivre le spectacle. Tu bondissais, et on voyait le vague héros de la statue manier le sabre, faire face au danger, le vaincre. Oui, tous le voyaient vivre. Les dames âgées, les jeunes filles, les messieurs dignes et les jeunes gens dont les visages au départ hostiles ou indifférents s'amadouaient au fil des minutes. Puis le maire est arrivé, accompagné de deux agents de police. Il avait été averti de la présence de fauteurs de trouble dans sa ville, l'une des rares du pays à n'avoir jamais abrité d'ennemis du gouvernement. Revenu à la vie, le vieillard auquel tu avais emprunté le chapeau lui a répondu que nous n'étions pas des fauteurs de trouble, mais des artistes venus rendre hommage au père fondateur de la ville, ce héros négligé. S'il vous plaît, monsieur le maire, ne gâchez pas le spectacle. Et toi tu continuais, en regardant monsieur le maire dans les yeux : *"Mon drapeau, c'est le tien, et le pacte d'orgueil de gloire et de puissance nous l'avons contracté pour hier et pour demain, je déchire aujourd'hui les suaires du silence…"* Et le maire a applaudi, et les agents ont applaudi. Jusqu'à tard dans la soirée. Au bout de l'épopée, après la victoire finale assurant l'éternité au héros, tu étais épuisé. Les gens venaient te serrer la main. L'Estropié, qui ne fait jamais de compliments, a quand même reconnu que pour un petit-bourgeois pleurnichard tu faisais parfois des choses bien. Puis, les plus âgés sont rentrés se coucher. Les jeunes sont restés. Et l'un des garçons a sorti une guitare. Tous se sont tournés vers une maisonnette devant laquelle étaient assis un couple et une jeune fille. Ils ont appelé la jeune fille : Altagrace, viens chanter. Elle ne bougeait pas. Alors tu as demandé aux jeunes si elle savait chanter. Oui. Et la plus belle voix du village. Une voix à gagner le concours national, et d'autres. Une voix hors concours. Mais elle ne chantait plus. Son amoureux était parti, et elle avait perdu sa voix ou le désir de chanter. Tu es allé vers elle en murmurant : *"Un soir de demi-brume… un voyou qui ressemblait à mon amour…"* Il n'y avait pas de brume. Tu as salué les parents et tu as dit à la jeune fille : "Si tu es née pour être une grande artiste, oublie celui qui est parti. Regarde combien ils sont à t'aimer, et toi tu pleures sur un seul." Elle s'est tournée vers ses parents pour avoir leur approbation. Tu l'as prise par la main et tu l'as conduite sur la place. Et elle a chanté. Et sa voix était belle. Après sa chanson, vous êtes allés vous asseoir sur un banc. L'Estropié et moi avons dormi sur l'herbe. À notre réveil, aux premières lueurs de l'aube, vous étiez toujours sur votre banc. Vous n'aviez fait que parler et fredonner des vieux airs. Toute la nuit, les parents avaient veillé. À l'heure du départ, ils nous ont offert du café, et ils t'ont remercié. Il y avait longtemps que leur fille n'avait pas chanté. Tu l'avais guérie de son chagrin d'amour. À la station où nous attendions le camion voyageant vers la capitale, tu nous as dit que c'était un beau prénom, Altagrace, et qu'elle était ta fiancée. Tu reviendrais pour elle. Une fille comme ça ne doit pas passer sa vie et perdre sa voix à pleurer les absents. L'Estropié t'a fait remarquer que dans les villes de province où règne la foi catholique, nombreuses sont les filles prénommées Altagrace, et nombreuses doivent-elles être à pleurer un départ. Les garçons partent, les filles restent. Il avait raison, comme toujours. Mais il était forcé d'admettre que des voix comme ça, s'il y en a deux dans un village, c'est plus qu'une chance, c'est un miracle.

mort

"Mort, j'appelle de ta rigueur." À quoi bon en appeler puisqu'elle est là. Tu as dit : loin de moi, et depuis je me regarde mourir. Homme privé de beauté, dans le vain fil des jours, la gorge en écorchures, j'avale pour survivre la glace brisée du miroir.

Je dois rendre ma copie. Hier on a fait le compte de tout l'argent que Madame Armand nous a donné le soir où le présentateur des nouvelles étrangères a annoncé ta mort. Selon les estimations de l'Estropié, même en thésaurisant le gros de la somme et en nous offrant de vraies folies, avec le reste, nous aurions de quoi boire pendant des mois. Nous avons commencé immédiatement en descendant dans un de ces bars que tu aimais au bas de la ville. Après notre séance de cinéma. Un coup nul pour nous deux. La pornographie ne comble pas toutes les absences, et les coupures avaient agacé l'Estropié. Le héros de mon film ne m'avait pas convaincu. Mauvaise technique de poings et visage trop juvénile. En réalité les films n'y sont pour rien. Ni plus ni moins médiocres qu'à l'ordinaire. C'est surtout que le jeudi soir, après le cinéma, nous remontions vers Saint-Antoine sachant que tu nous attendrais assis sur les marches de l'église, comme le premier soir. Tu nous rejoignais et on faisait ensemble le dernier bout de route. Dans le deux-pièces, nous nous lancions dans des discussions interminables sur des sujets variés. Variés et souvent sans importance. L'important était de parler. À deux, c'est moins drôle qu'à trois. Plutôt que de remonter vers le silence du deux-pièces pour contempler ce matelas qui ne veut plus rien dire, nous sommes descendus vers la basse ville pour changer. J'ai demandé à l'Estropié si tu croyais vraiment que les chiens croisés sur nos routes ont une âme et comme nous des problèmes de mélancolie. Et il m'a répondu que tu étais suffisamment bête pour avoir cru de telles sottises et posé de pareilles questions. "L'âme du chien, c'est sa queue qu'il rentre ou secoue selon les circonstances." J'ai ri. Il parlait comme toi. Je parlais comme toi. Nous avons constaté que sans le faire exprès nous nous mettions à dire des choses qui te ressemblaient, comme quoi il n'y a pas que les petits-bourgeois pleurnichards et suicidaires qui se posent des questions bêtes sur les âmes et les queues. Nous sommes entrés dans ce bar fréquenté par des jeunes artistes désargentés et des jeunes gens désargentés qui se prennent pour des artistes. Tu y allais mêler ta voix à celles de ceux qui créent et ceux qui font semblant. C'est un vrai bar égalitaire qui accorde à tous la même liberté d'expression sans limiter le temps de parole. Tout le monde y parle en même temps. Les voix se bousculent en une seule conversation qui embrasse toutes les tables. Chacun n'écoutant que les fragments qui l'intéressent et n'exigeant pas le silence pour placer sa tirade. Tout y passe : l'art pour l'art ; l'engagement ; l'énigme de la poule et de l'œuf appliquée à la relation entre la vie et l'art ; la supériorité de l'abstraction sur le réalisme ou l'inverse… Avec l'argent de Madame Armand, nous avons offert une tournée. Un type a abandonné ses amis et est venu s'asseoir à notre table. Nous l'avions déjà vu discuter avec toi. Il passe pour un philosophe et a quelque influence sur une poignée de jeunes qui n'a pas accès aux livres qu'il prétend avoir lus. Plutôt que de nous remercier, il a violé le code du bar en exigeant le silence, et il a dit que nous nous étions embourgeoisés pour avoir soudain les moyens d'offrir une tournée, "... rien d'étonnant, considérant que nous étions tes meilleurs copains. Que nous nous prenions en tous les cas pour tels. Considérant qu'un garçon de ton milieu ne peut pas être l'ami d'un garçon de Peau-Noire, que les clivages sociaux ne laissent pas de place à l'amitié. Considérant qu'embourgeoisés et sans talent nous n'étions pas nous-mêmes des artistes mais les amis d'un artiste de la haute qui jouait un peu le déclassé et que nous ne pouvions comprendre ni l'angoisse de la feuille blanche ni la jouissance provoquée par la puissance créatrice. Considérant que le suicide est une lâcheté. Considérant que « moi qui vous parle j'ai suffisamment de problèmes de bouffe et de reconnaissance pour m'enlever la vie plusieurs fois et que je tiens encore debout...» Considérant que toi, privilégié et sans courage, tu avais eu accès aux livres à l'âge du berceau, que tu étais parti une première fois avec une vraie troupe et t'étais même payé le luxe de revenir ici en parler dans ce bar..." Considérant que tout cela était quand même suspect : la lâcheté, le suicide, l'embourgeoisement... Au sixième "considérant", l'Estropié avait déjà jugé que le compte était bon, qu'on avait suffisamment écouté monsieur le philosophe qui parlait comme un code pénal. Il a enveloppé son verre dans une serviette en toile, il a fait un nœud et fait glisser le nœud jusqu'au sommet du verre et utilisant la partie restante de la serviette comme le manche d'un marteau il a frappé le crâne du type qui en étant déjà à son neuvième considérant n'a pas vu venir le premier coup et n'a commencé à réagir qu'au deuxième, lorsque le verre s'est brisé sur son crâne. Il a sauté vers l'Estropié pour l'étrangler, mais, même avec la jambe gauche plus courte que la droite, un garçon de Peau-Noire peut faire un croc-en-jambe et le type est allé heurter le comptoir de son crâne blessé en renversant tout ce qui se trouvait sur son passage. Le bar était tombé par terre. Les vrais artistes, les faux artistes, les bouteilles, les tables… Nous sommes sortis à reculons, l'Estropié brandissant sa canne comme un sabre. Une fois dehors, nous avons jugé qu'il était temps de remonter vers notre deux-pièces. Il n'y avait personne sur les marches de l'église, pas même les mendiants. Personne dans les rues. Seulement Islande, fidèle à son poste de folle, s'adressant à des êtres invisibles. Dans notre chambre, j'ai essayé d'écrire cette foutue notice devant tenir sur trois colonnes, mais je n'y suis pas parvenu. Comment faire la chronique d'un cri ? Comment ponctuer sans te trahir ? Dans le voisinage, le camionneur et sa femme rejouaient leur comédie, la voix du présentateur de la station des nouvelles étrangères se mêlant aux leurs. L'Estropié a ouvert la fenêtre et leur a crié de fermer leurs gueules et d'éteindre ce putain de poste. Sa voix a dû traverser les corridors et les murs pour arriver jusqu'à eux parce qu'après ce fut le silence. La paix des morts jusqu'au réveil.

itinéraire

Petit, j'aimais les toupies et les cerfs-volants. Je ne te connaissais pas. Puis j'ai aimé le ciel de décembre à Port-au-Prince. Si les choses de ce monde étaient bien partagées, chacun y trouverait son étoile. Je ne te connaissais pas. Puis j'ai aimé les routes, parce que je t'y cherchais. Lorsque j'ai commencé à perdre mes cheveux, j'ai accéléré le pas, et je t'ai vue dans une ville pleine de lumières et de touristes. J'ai voulu te suivre et tu m'as dit : tu es de trop dans mon sillage. Depuis je n'aime plus rien. Ni les routes ni les cerfs-volants. Ni moi. Ni hier. Ni demain.

La première fois que tu es parti à l'étranger, tu nous avais annoncé que tu rentrerais avec le reste de la troupe. Deux jours avant la date prévue, nous avons entendu ta voix au bas de l'escalier : *"Je reviens fatigué des giboulées du nord / le soleil que j'ai bu est froid comme la mort."* Ton retour a pris le quartier par surprise. En te voyant, les enfants ont accouru te demander si c'était bien vrai que tu étais parti. Tu portais tes vêtements habituels, ton chapeau de paysan et ta diacoute pendue à ta hanche. À leurs yeux tu ressemblais plus à quelqu'un qui débarquait de sa campagne qu'à un homme revenant d'un pays couleur de richesses et de modernité. Ils demandaient ce que tu avais rapporté de ton voyage. Toi, tu disais n'avoir rien rapporté qu'un morceau de neige qui avait fondu avant même que tu montes dans l'avion du retour, de nouvelles chansons, un recueil de poèmes pour l'Estropié, un éventail pour Madame Armand, un contrat refusé avec un metteur en scène à la mode pour un rôle que tu n'aimais pas et ne jouerais jamais. Des dollars ? Non, pas de dollars. Et la monnaie, là-bas, ce n'est pas le dollar. Pourquoi t'es revenu ? Parce que j'aime l'odeur de cette terre et ses couleurs après la pluie. Les gosses ont dit que la différence entre Islande et toi n'était qu'affaire de quantité. Islande était folle tout le temps et toi seulement de temps en temps. Et se jugeant plus adultes que toi, pour sauver quelque chose de ce voyage n'ayant servi à rien, ils t'ont demandé de jouer les rôles des gens que tu avais rencontrés là-bas. Ce serait un peu comme s'ils y étaient. Et tu as joué les impresarios et les producteurs, le public rare dans la petite salle municipale, la vieille dame raciste et débonnaire qui appréciait cet accent venu d'ailleurs : *"le parfum d'exotisme qui embellit la langue"*, la jeune femme qui avait frappé à la porte d'un comédien pour vérifier si les Noirs l'ont vraiment plus grosse que les Blancs, et la première personne qui t'avait adressé la parole à ta descente de l'avion, la femme en uniforme de la police des frontières qui t'a posé les questions de routine : "Montrez-moi votre réservation d'hôtel ou votre lettre d'héberge-ment. Vous disposez de combien d'argent pour votre séjour ? Vous êtes comédien ? Alors montrez-moi la lettre d'invitation." Et ton envie de lui dire : "Merde, madame, je viens juste donner un spectacle pour ceux qui veulent bien regarder. J'ai un chez-moi. Pas forcément une vraie maison, mais un pays et sur-tout un quartier. Ma maison, c'est tout un quartier. Des rues, et des chiens qui ont une âme qu'ils traînent au bout de leur queue. Quand ils hurlent à la mort, c'est qu'ils ont l'âme triste." Et le direc-teur de la troupe, poli, petit, gentil, très politique et responsable de ses ouailles, expliquant tout, connais-sant bien les règles du jeu. Et la femme en uniforme de la police des frontières, adoucie, amadouée, ras-surée de parler à un visiteur possédant titres et qua-lités, mais vérifiant tous les papiers, les noms, les lieux, les autorisations. Et le tampon enfin. Et ton envie de lui dire : "Chez moi, ça ne se passe pas comme ça. On y entre comme dans un moulin où tous les experts, contrebandiers, spécialistes de ci, aventuriers de ça, paumés et conquérants, midinettes et arnaqueurs viennent moudre le grain de la réussite sur la déroute des autochtones. Chez moi, ça ne se passe pas comme ça. Quand vient un étranger, on se contente de lui dire : « *Étranger qui marches dans ma ville, souviens-toi que la terre que tu foules est la terre du poète.* »" Et c'est la seule mise en garde. Après le tampon et le regard désormais bienveillant de l'agent de la police des frontières, l'attente des bagages. Les bagages récupérés, le trajet en métro vers le petit hôtel, l'enregistrement, le responsable de la troupe gardant en sa possession les passeports des comédiens les plus pauvres pour leur enlever toute tentation de rester. Tous se soumettent. C'était convenu avant le départ. Sauf un, qui proteste, au nom de sa dignité, de son sens de la parole donnée. Et les séances de répétition dans une vraie salle. Une petite salle. Une toute petite salle. Une salle de rien du tout, mais au moins elle est équipée. Et le spectacle dans la soirée. Le public, pas nombreux, mais riche de questions. Le débat après la pièce. "À quoi ça sert de faire du théâtre dans un pays pauvre? Peut-on voir dans cette pièce une métaphore de l'échec de votre communauté d'origine? On dirait que vous croyez encore au vieux concept d'engagement?" Et le directeur de la troupe, intelligent, précis, affable, obligé de faire en même temps avec la bêtise et l'intelligence. Et toi, sortant de la salle. L'air frais dehors. Les gamins ne comprenaient pas tout ce que tu leur racontais. Leur pays c'est Saint-Antoine, et ils ont beaucoup de mal à en imaginer un autre. Ils s'inquiétaient de savoir s'il y avait des enfants qui dormaient dans les rues. Non, répondais-tu, là-bas il n'y a que des adultes qui dorment dans les rues, avec parfois un chien à leur côté, et des bouteilles à moitié vides, et des odeurs fortes qui signalent leur présence au passant pressé qui fait alors un pas de côté pour éviter de leur marcher dessus ou de regarder de trop près leurs visages. Tu t'étais assis à côté de l'un d'eux, et vous aviez fait la conversation pendant une demi-heure, dans le froid. Son langage était plus hermétique que celui d'Islande, plus haché, comme une violence crachée par bribes. Moins violent en tous les cas que celui du comédien de la troupe qui avait eu droit à une séance nocturne de vérification du volume et du fonctionnement de ses attributs masculins. Il avait gardé son passeport au nom de la parole donnée. C'est, à n'en pas douter, le meilleur comédien de la troupe. Si le théâtre est un art du mensonge. Avant même de partir, il avait décidé de rester. Avant son entrée dans la troupe, il savait qu'elle partirait un jour en tournée, et qu'il ne reviendrait pas. Il avait attendu longtemps. C'était fait : "Tu comprends ? Quand on a la chance de sortir, il ne faut pas revenir. Pourquoi revenir ? Pour voir que la poussière a augmenté, que le chômage a augmenté, que les prix des choses qu'on ne pouvait déjà pas s'acheter ont augmenté, que la seule chose qui a changé c'est qu'en prenant de l'âge on s'installe dans la certitude que rien ne changera jamais ? Je n'y retournerai pas. Je l'avais annoncé à ma mère. Elle n'a pas pleuré. Elle ne m'en veut pas, même si elle apprécie le directeur de la troupe qui nous donne de l'argent de sa poche quand les choses vont vraiment très mal à la maison. Comme c'est une bonne chrétienne, elle se sent mal d'avoir menti à un homme bon. Mais, quand je lui enverrai de l'argent, elle comprendra que je me porte bien, et elle pleurera de joie. Toi, le jour où tu décideras de changer de vie, il te suffira de faire la paix avec ton père. Moi, je ne sais rien des pères. Je n'ai que la vieille. Tous les jours, je la regarde mourir, elle me regarde ne rien faire. Sauf aller aux répétitions. C'est un peu pour ça que j'y allais, à ces répétitions, parce que j'avais rien d'autre à faire. Et parce que je me disais qu'un jour la troupe partirait. Vous êtes très bons, la reconnaissance devait bien venir. Avec elle, les invitations. Peut-être qu'ici j'aurai la chance de faire carrière dans le théâtre, de l'aimer vraiment. Et puis j'en ai rien à foutre vraiment, théâtre ou ramassage de poubelles, ou une jeune femme en mal de blacks. Une paye. Un revenu. Et personne qui te parle de haut. Moi, si on m'offre un rôle dans un film porno, je prends. Il paraît que ça marche ici. Dans tous les cas, théâtre ou pas théâtre, je reste. Et je te conseille de ne pas révéler mon intention au directeur de la troupe ni aux autres qui voudraient faire comme moi, sauf qu'ils ont été assez bêtes pour laisser leurs passeports au chef. Comme des bébés. Moi, je suis libre. Je vous aime mais je vous emmerde. *Hasta la vista, amigo!*" Tu n'as rien révélé au directeur de la troupe. Tu t'es contenté de rentrer au pays deux jours avant les autres, pour ne pas assister à la scène du retour collectif. Et quand les enfants sont partis, l'Estropié a calculé que la part manquante de ton récit était plus grande que le reste et tu as parlé de ton amour d'un soir. Quand tu l'as abordée, elle t'a dit qu'elle était Béatrice que le poète aima sans jamais la toucher. Et tu lui as répondu qu'elle était suffisamment belle pour être toutes les femmes vivantes, toute femme aimée et chantée, Ophélie et la Lorelei, mais elles étaient trop tristes. Et tes paroles l'ont fait sourire. Et tu l'as appelée Margha, le temps de quelques vers : *"Margha de ma résurrection… Margha est une lune en visite à la terre."* Et tu revivais la scène. Et tu étais tout beau. Nous avons su qu'une partie de toi ne reviendrait jamais. Vous aviez marché dans la nuit. Enveloppée dans un manteau rouge, elle portait un chapeau. Elle te parlait des peintres qu'elle aimait. Elle t'avait entraîné sur les quais puis dans un piano-bar où un artiste triste chantait des chansons tristes jusqu'à ce qu'elle te prenne la main. Et le bonheur étant parfois communicable, le pianiste a joué *Gracias a la vida*. Et vous avez marché de nouveau. Et le bonheur est dans les prés, ou dans les chambres. Surtout quand *"ils sont arrivés…"* – sans avoir eu besoin de se raconter leurs histoires, la mère morte, la paix impossible avec la douleur de la perte – *"… se tenant par la main…"* – c'est avec les mains que l'on fait les chansons, que l'amitié des corps commence – *"… l'air émerveillé…"* – toi plus qu'elle, mais elle aussi quand même, un peu, et c'est la première fois de ta vie, la seule où quelqu'un t'a dit : "Tu es beau" – *"… de deux chérubins".* Et, en nous contant la part manquante du récit que tu avais fait aux enfants, la plus belle part que tu avais gardée pour nous, tu avais ta tête de chérubin, celle de tes photos d'enfant, une tête d'enfant comblé. Une tête que M. ou E. ou une quelconque des non-voyantes aux pieds desquelles tu promenais tes yeux avait appelée "ton petit air niais", "tes yeux de merlan frit". Tu détestais cette dernière expression, n'ayant jamais vu de merlan.

Tu disais s'il faut me foutre dans un bestiaire choisissez au moins un poisson que je connais. Mais vous n'avez pas parlé de poisson ce soir-là. Tu as vu la beauté, touché à la beauté. Et tandis qu'elle dormait tu regardais l'aube se lever, mais tu trouvais son dos plus beau encore que l'aube. Et l'Estropié te pardonnait ton lyrisme facile. Pour une fois que tu semblais heureux, tu avais le droit de tout dire, même des mauvais poèmes et des paroles débiles. Ton récit s'achevait au moment où vous vous êtes séparés. Le matin, disais-tu, avait une belle lumière... Tu ne nous as pas révélé si votre bonheur d'un soir donnait sur les promesses qu'on ne tient jamais. Tu t'es mis à parler d'autres choses qui nous énervaient, car elles te faisaient perdre ta tête de chérubin. Le monde du théâtre sur lequel tu avais des doutes. Les rapports de pouvoir, les coteries, la peur du nouveau. Cependant, tu envisageais de t'installer peut-être là-bas pour faire un peu carrière, à condition de revenir de temps en temps. Et nous avons su que si tu partais, ce serait pour la fille sur le quai qui disait être Béatrice, enveloppée dans son manteau rouge et si belle sous son chapeau. Et quand nous avons lu le fragment intitulé *itinéraire* dans ta parabole, l'Estropié, pour une fois a donné dans le vague, en admettant qu'il y avait des chances que ta *Parabole du failli* tu l'aies écrite pour elle.

merde à la poésie

Qu'importe si c'est la poésie qui m'a tourné le dos ou moi qui la fuis! Qu'est-ce qu'écrire sinon le pari du failli! Toi, de toute beauté, marchant devant mes yeux, je m'étais pris pour un oracle. J'ai rêvé pour toi de chansons et me reste ce râle qui pourrit dans ma gorge. Ci-gît moi, voix cassée, poète de pacotille, un chant tombé à ras le sol, sale métaphore usée pataugeant dans sa merde.

C'est à Port-au-Prince, dans le quartier paisible de Turgeau, que naquit Jacques Pedro Lavelanette, des œuvres de Pierre André Lavelanette et de son épouse légitime Jeanine Lavelanette, née Rosemond.

Troisième d'une fratrie de quatre, le petit Pedro connaît une enfance heureuse. Le père est un agent de commerce dont l'honnêteté et la rigueur sont saluées par ses pairs. Jeanine, en vraie fée du logis, se charge des tâches domestiques et couvre ses enfants de l'affection d'une mère attentive et dévouée. La réussite économique du père protège la famille de la gêne, et les enfants Lavelanette bénéficient d'une éducation solide dans les meilleurs établissements privés du pays.

Jacques Pedro aime les livres. Le soir, sous le regard attendri de ses parents, il fait rire toute la famille et le personnel domestique, en imitant les personnages des récits d'aventures qu'il dévore.

Tout est bien. Mais, hélas, Jeanine tombe malade. Elle ne souffrira pas longtemps, la maladie l'emportera vers sa dernière demeure au bout de quelques semaines. Jacques Pedro est effondré. Il entre dans l'âge ingrat de la première adolescence quand il perd celle qui a été son ange protecteur, et, selon les témoignages de ses amis de bohème, la seule vraie figure féminine de sa vie.

Après le décès de Jeanine, la tâche est rude pour le père. C'est un homme droit, ami de l'ordre. Il essaie d'inculquer ses valeurs à ses enfants. Mais les rapports sont de plus en plus tendus avec Jacques Pedro qui délaisse ses études scolaires, sombre dans la mélancolie, et se rebelle contre toute figure de l'autorité. À quinze ans, le petit Pedro – comme l'appellent les aînés du milieu de l'art qu'il commence à fréquenter avec assiduité – découche pour la première fois. Le monde des artistes l'attire : poètes, comédiens, peintres… Le père est un lettré, mais il s'inquiète pour l'avenir de son fils : le garçon a redoublé et pris la décision de ne plus fréquenter l'école. Le présent aussi inquiète l'agent de commerce. Ce "monde de l'art" est mal vu du pouvoir politique. Il s'y cache, selon la police et les rumeurs, des porteurs d'idées subversives, des comportements asociaux. La profession de M. Lavelanette et son goût de l'ordre et de la discipline l'incitent à la méfiance. Il ordonne à son fils de rentrer au bercail. L'adolescent refuse d'obéir : c'est la première rupture. D'autres suivront. Le père et le fils ne se verront plus que de loin en loin. Jacques Pedro s'éloigne aussi de ses frères et sœurs.

Une chose en entraînant une autre, Jacques Pedro commence à boire, se fait remarquer par ses talents de comédien, de diseur et d'imitateur, mais aussi par son comportement jugé de plus en plus troublant : éclats de colère, longues périodes de dépression, déambulations dans les rues de la ville en costume de clochard ou de paysan pauvre, imitation à la perfection, dans les rues de la belle ville, des professions les moins valorisées : cireur de bottes, crieur de loterie…

Sa réputation de future gloire du théâtre national n'en souffre pas. Il travaille ses rôles, mais n'en accepte pas beaucoup. Il semble ne jouer que les pièces qui lui plaisent vraiment, avec les metteurs en scène dont il apprécie aussi bien le talent et le sérieux que les qualités humaines. Il rejette aussi les chefs-d'œuvre du répertoire classique et dit préférer "la musique des rues aux vestibules des palais des rois". Il ne s'est jamais prononcé sur le concept d'engagement, sa révolte ne pouvant se réduire à une simple position politique. Cependant, dans l'une des rares entrevues accordées à un journaliste, il affirme que l'"aventure théâtrale" ne devient intéressante que lorsqu'elle se transforme en "produit social de première nécessité".

Ce garçon doué et tourmenté entretient avec la gente féminine des relations difficiles. Il aime vite, sans toujours attirer la réciprocité. Dans les milieux artistiques, sa réputation d'artiste maudit le précède. Il n'a ni le physique ni le comportement du jeune premier, et les femmes lui trouvent quelque chose d'inquiétant.

Solitaire et désespéré, il s'adonne à des errances nocturnes qui le mènent dans le quartier de Saint-Antoine. Là, il lie amitié avec des jeunes gens issus d'un milieu plus modeste que le sien. Il aime cette vie pauvre mais riche de sensations et de sentiments, et fait de Saint-Antoine son port d'attache. Il partage un deux-pièces avec deux de ses nouveaux compagnons et vit du peu que lui rapportent les spectacles auxquels il participe et les lectures données dans des salons privés de la haute société.

À bout de nerfs et ne trouvant d'autre recours, le père le fait interner dans un centre psychiatrique. Mais Jacques Pedro a atteint sa majorité. Le centre ne peut le garder contre son gré. Libre, il retourne à sa vie de bohème. Il part en tournée et revient au pays à la fois enrichi et déçu de cette découverte du "professionnalisme" comme des sociétés dites développées.

De retour au pays, il retrouve ses habitudes, son quartier d'adoption, mais il semble plus triste que jamais. Il disparaît souvent la nuit. Des metteurs en scène de l'étranger ne cessent de le solliciter. Il accepte une proposition, sur un coup de tête, dit-on, en regardant la photo de groupe de la troupe dans laquelle il avait repéré un visage qui valait le voyage. Il part donc et c'est le soir de la première, quelques heures après une prestation remarquée, qu'il tombe de la fenêtre de l'appartement où il logeait, au douzième étage d'un quartier fréquenté par les artistes.

S'est-il jeté? Ses multiples troubles de comportement confortent les tenants de cette hypothèse. Mais Jacques Pedro aimait aussi prendre des risques : s'asseoir au bord des précipices, traverser la rue les yeux fermés ou se coucher au milieu d'une rue passante. Une maladresse n'est pas impossible, et peut-être a-t-il glissé. Les circonstances du décès de celui dont la vie fut un mystère constituent le dernier acte du passage parmi nous d'un homme insaisissable.

Comme pour ajouter à l'énigme, ses amis ont retrouvé des textes de toutes sortes : confidences, réflexions, petits récits, et un texte poétique en fragments intitulé *Parabole du failli*. L'ensemble avait été confié à une personnalité discrète du monde des affaires qui souhaite garder l'anonymat, avec laquelle il avait noué une amitié secrète. Jacques Pedro Lavelanette n'ayant laissé aucune disposition testamentaire, on ne peut savoir s'il souhaitait que ses textes soient publiés. Peut-être ne le seront-ils jamais.

Toujours est-il que nous avons perdu en lui l'une des plus belles promesses du milieu artistique. À l'initiative d'un groupe de comédiens, le monde des arts lui rendra hommage. La dépouille mortelle n'ayant pas été rapatriée, une photo agrandie permettra à ceux qui n'ont pas eu la chance de le voir sur scène de découvrir son visage, et à ceux qui l'ont côtoyé de saluer une dernière fois celui qu'ils appelaient Ti Pedro ou el loco Pedro, en attendant qu'un biographe vienne le ressusciter et conter sa légende aux générations futures.

J'ai ajouté les dates, les noms de personnes et de lieux, les titres des spectacles, et rendu ma copie au rédacteur en chef. Il m'a félicité pour la tonalité de la notice et le bon usage des ponctuations qui rend, selon lui, la lecture apaisante. Il a jugé subtil que je laisse planer le doute sur les circonstances de ta chute. Il n'y a pourtant aucun doute. À y repenser, le "déjà" de Madame Armand n'est pas si cruel que ça. Elle savait. Nous savions. Et les M. et les E. Et ton père. Et l'Estropié. Et moi. Et les nantis qui t'invitaient à leur lire des poèmes. Nous connaissions ton désespoir face à la vie. Ce que nous ignorions, c'était ta désespérance du langage, ta perte de confiance dans les mots. Ceux des autres que tu nous récitais. Les mots à toi que tu écrivais le soir dans la chambre de Madame Armand. Tous les poètes que tu citais n'étaient qu'un chemin de silence. Bavard et muet, tel fut Pedro, mais ce ne sont pas des choses qui s'écrivent dans une notice, dans les colonnes d'un quotidien sans nerfs ni parti pris. Et puis, à quoi servirait-il maintenant de le dire! Selon l'Estropié, cela relève à la fois de la philosophie et de la statistique : la condition générale du vivant est de regarder l'autre mourir. Il est des morts hâtives. On reproche au spectacle de prendre fin trop vite. Il est des morts qui durent trente ans, et chacun, les M., les E., les pères, les gens bien, les estropiés et les chroniqueurs, tient son rôle dans le *happening*, moitié voyeur moitié participant. Au spectacle de ta mort, quelle chance nous avons eue d'avoir de bons fauteuils et de tenir le bon rôle dans la distribution. Il faut s'en tenir aux faits, dirait le rédacteur en chef. Encore faut-il savoir ce qu'il entend par les faits. Pour couvrir la rédaction en cas de litige, il m'a demandé qui était cette "personnalité du monde des affaires souhaitant garder l'anonymat", et à qui elle avait confié les manuscrits. Je ne pressens aucun litige, mais j'ai dû lui révéler le nom de Madame Armand. Il y a eu dans ses yeux quelque chose qui ressemblait à de la peur. Quant aux manuscrits, je ne lui ai pas dit que l'Estropié a commencé un travail de classement et les cache chaque soir sous le matelas. Cela nous fait comme une présence.

humilité

"Il n'est rien dans le monde qui se développe de façon absolument égale", disent les philosophes. Jamais je ne t'aurais demandé de m'aimer comme je t'aime. J'ai la vanité des complices, pas celle des conquérants. Quand, fantaisie de reine, tu te laisserais aller à trop donner, je te rappellerais ta redevance envers toi-même. Et quand je t'écrirais des choses maladroites, tu me dirais ; idiot, va revoir ta copie. J'aurais voulu t'aimer comme ça, dans la simplicité du don. Non, jamais je ne te demanderai de m'aimer comme je t'aime.

Demain, c'est le grand jour. Avec une toute petite partie de l'argent que nous a donné Madame Armand, j'ai acheté une veste. Josette m'a demandé timidement si je souhaitais qu'on sorte, elle et moi, après la cérémonie d'hommage. Si cela peut me changer les idées. Pas besoin de s'aimer pour s'entraider et faire des choses ensemble. J'ai dit oui. Nous n'irons pas dans cet hôtel de passe du bas de la ville. Peut-être lui lirai-je ta *Parabole*, puis j'écouterai son histoire. Les vivants aussi méritent notre attention. Encore un paradoxe, cette maladie de n'écouter que les morts. Une personne se tient au bord de la falaise. Nous parle. Personne ne l'entend. Elle tombe. C'est alors seulement que le cri, dont il ne reste que l'écho, nous intéresse, par besoin d'exégèse. Josette cache peut-être en elle une Pedro réceptionniste. J'ai décidé de l'écouter. Mis à part ce couple aujourd'hui séparé qui n'apprécie que le lisse et classe dans l'excès des vociférations toute fêlure qui appelle à l'aide, et les gens de leur sorte capables de reprocher aux morts d'être morts, d'ajouter ainsi une petite contrariété à leur existence en les contraignant à une pensée pour les absents ne serait-ce que pour les condamner, peut-être sommes-nous tous des Pedro en puissance. Je poserai la question à l'Estropié : en comptant tous les humains, quel est le groupe le plus nombreux, et pouvons-nous envisager l'intersection des deux ensembles ? Il n'y répondra pas. Il lui faudrait pour cela se ranger dans l'un des deux groupes. Or l'Estropié ne fournit pas de données sur lui-même. Cache-t-il un Pedro, plus discret que l'original ? S'il ne s'accrochait à son rêve de bibliothèque et n'avait choisi pour devoir d'apporter de l'argent à Lonize dans la maisonnette de Peau-Noire, peut-être aurait-il déjà pris son dernier bain de mer. Je l'accompagne toujours, secrètement nourri de la crainte qu'un jour il ne décide de marcher jusqu'à épuisement sur le seul sol aimé de lui, en boitillant, libéré de sa canne, du souvenir de *Méchant*, de Peau-Noire, du désir qu'il a rayé de sa vie sauf fantasme sur grand écran. Aujourd'hui c'est à lui que je m'adresserais, et toi tu aurais proposé en guise de cérémonie d'hommage qu'on apporte à Lonize l'argent que nous aurait donné Madame Armand. Je t'aurais laissé lui parler. Tu l'aurais convaincue de l'accepter. Il n'y a qu'en amour que tu ne parvenais pas à convaincre. Tu lui aurais dit : "Prenez-le, au nom de votre fils, Gentilus Petithomme, dernier né de votre union jusqu'à sa mort avec le contremaître Tirésias Petithomme, alias *Méchant*." Puis on serait allé s'asseoir sur les marches de l'église et tu aurais récité des poèmes à sa mémoire. Le jeudi, avec l'argent de Madame Armand, nous serions arrivés à soudoyer le projectionniste de la salle de cinéma, qui aurait remplacé le film programmé par *Les Amours de la prof*, celui qu'il préférait entre tous. Mais tu ne savais pas pour *Méchant*, ni l'aversion de l'Estropié pour les films sans intrigue. Il aime que les corps deviennent des personnages, les personnages des corps. Comme dans la vie. Dans le fond, tu étais un peu comme les autres, pas toujours attentif à la fêlure de ton voisin. Mais c'est toi qui es mort. Ce n'est pas le moment de te faire des reproches. L'Estropié t'engueulait de ton vivant, pourtant il aurait jugé mesquin de te faire un procès aujourd'hui. Il m'inquiète. Il parle peu, quelque chose brille dans ses yeux qui ressemble à de l'excitation. Il y a deux jours que je ne l'ai pas vu. De mémoire de colocataire, c'est la première fois qu'il n'est pas allé donner ses cours dans ce collège pourri dont les élèves grandissent avec des pères comme *Méchant* et des mères comme Lonize. Ils ne grandissent pas, au sens humain du terme, ils poussent. La direction de l'établissement paie les maîtres avec des semaines de retard, le temps de forcer les élèves à convaincre leurs parents de verser une partie de la somme due pour les frais de scolarité. Une partie, en espérant que le restant sera versé à la fin de l'année scolaire, sans quoi l'élève n'aura pas droit au dernier bulletin, le plus important, qui atteste de sa réussite. Les salles sont sombres, le niveau des élèves ne peut que baisser, puisque les parents n'ont pas les moyens de payer pour un redoublant. Un élève qui ne passe pas dans la classe supérieure c'est du manque à gagner. La plupart des enseignants donnent leurs cours de loin en loin, quelquefois, quand ils s'y résignent, font des avances aux jeunes filles et ne corrigent pas les copies. Lui remplit sans se plaindre toutes ses obligations, et ne fait d'avances à personne. Les élèves le surnomment l'Estropié. Les enfants du quartier. Nous. Il n'a jamais réclamé qu'on l'appelle autrement. Tu avais le jugement facile et le traitais de

résigné. Tu as pris son humilité pour de la résigna-
tion. L'humilité, tu connaissais pourtant. Tu l'as écrit
dans ton poème à cette femme dont l'existence n'est
pas prouvée. Tout pour elle. Rien pour toi. Le genre
de promesse que nul ne peut tenir. Quelques-uns se
tuent à force d'essayer. Dans l'amour, tu aimais le
don. Tu as payé ce vœu de fausse chevalerie d'une
chute de douze étages. Disparaître, s'écraser, on peut
voir ça aussi comme une forme d'humilité. Tu ne
te moqueras jamais plus de l'Estropié en le traitant
de résigné. Ta défaite est définitive. Tu n'appartiens
désormais qu'à la bouche des autres, à la part de langage qu'ils daigneront t'accorder dans leur conversation. L'Estropié a calculé que ton taux de présence
dans la mémoire du monde suivra le tracé d'une
courbe descendante. Et lui n'aura plus droit à tes
douces agressions verbales. Une par jour, en temps
normal. Fréquence plus cinq en temps de crise. Faut
dire qu'il te le rendait bien et parvenait à te fâcher
lorsqu'il te qualifiait de petit-bourgeois pleurnichard.
Depuis ta mort, il n'y a plus ta voix. Depuis deux
jours qu'il est parti je ne sais où, la sienne aussi me
manque. C'est la première fois que le deux-pièces est
tout à moi. Comme il l'était, après que le camion eut
emporté Gustave et Marianne. Certains soirs, assis
sur les marches de l'église de Saint-Antoine, nous
faisions serment de mourir ensemble. Peu impor-
tait comment. Ensemble. L'Estropié admettait que
l'idée avait séduit de nombreux poètes romantiques
et autres jeunes gens désabusés, mais que, dans notre
cas, il y avait peu de chance qu'elle se matérialise.
Tu disais : "Tu fais c… avec tes statistiques. Jure,
qu'on en finisse!" Il jurait. Tu nous as lâchés, Pedro.
Tu aurais pu nous en parler, on t'aurait dit : nous

ne sommes pas prêts, donne-nous encore un peu de temps. Toutes les douleurs humaines n'avancent pas au même rythme. Dans le deux-pièces de nouveau trop grand, il y a ton matelas et le lit en fer de l'Estropié. Et une trop grosse part de silence pour un seul homme. L'Estropié ne m'a jamais interrogé sur mes envies. Pas par indifférence. Il avait compris. Toi, tu m'interrogeais parfois sur mes silences. C'est tout simple, camarade. Moi, je ne demandais à la vie que de la compagnie. Vous m'avez offert cela. Merci, frère. Tu ne reviendras pas. Il me faudra, sans te trahir, faire avec ton absence. Celle de l'Estropié n'est qu'une défaite provisoire. Il m'a dit : "Rendez-vous à cette f... cérémonie d'hommage" et il est parti avec sa canne, sa jambe gauche plus courte que la droite, le visage fermé. En bon fils d'ouvrier ayant grandi sous la férule de *Méchant*, à Peau-Noire, où la vie se passe de confidences et d'atermoiements. Où, comme le disent les joueurs de dominos, le suicide est une chose rare : pourquoi des morts qui passent leur temps à courir après le hasard, de coup de dés en coup de dés, voudraient-ils se donner la mort ?

mutisme

Qui n'est pas convaincu de la nécessité de sa propre existence n'a d'autre choix que disparaître. Et, un goût de terre dans la bouche, sans dire à la femme qui est la beauté même : tu es le grand principe et la seule lumière, l'homme de pendaison et de faible envergure s'est enfermé dans le mutisme. Sauf si, d'entre les morts, une langue coupée peut revenir nous parler d'amour…

Je ne vois pas l'Estropié. Il y a déjà beaucoup de monde. Je reconnais quelques journalistes des stations de radio qui "font du culturel". Elles sont rares, ces stations. Les autres : nouvelles, sports et musique dansante. Ton émission préférée s'intitulait *D'antan Présent*. Je suis content de voir l'animateur dans cette foule qui s'amasse devant le musée d'Art où aura lieu l'hommage. L'animateur ne sait pas combien de fois il est entré dans notre deux-pièces, sa voix et sa musique nous protégeant des cris de la femme du camionneur et de la déprime de l'instant présent. C'était notre paix du dimanche soir. Tu rentrais plus tôt, allumais le poste, et cette visite dans le passé, les balades du temps jadis nous libéraient de toute hargne. L'animateur ne ressemble pas à son émission. Il porte des habits trop voyants et on le dit mauvais coucheur. Mais je crois que c'est un saint homme. L'intermède du dimanche soir nous projetait dans un ailleurs, un doux vide qui chassait le malheur. Dans la foule, avançant à côté de l'animateur, j'aperçois une silhouette qui lui vole la vedette. M. Sans doute n'a-t-elle pas bu la veille pour ne pas oublier son rendez-vous avec elle-même. Elle est venue pour qu'on la voie. D'ailleurs, pour la voir, il suffit de suivre les regards des hommes. Elle a conscience d'être regardée, évaluée, appréciée. L'institution de bienfaisance culturelle pour laquelle elle travaille a dû la déléguer à cette fin. Elle fait bien son travail de représentation : elle attire tous les regards. Sur le marché de l'emploi, nombreuses sont les façons de mériter son salaire. Il y a beaucoup de femmes, d'autres M. un peu moins M. que M., une multitude de probables rendez-vous ratés. Et des femmes qui appréciaient ton travail d'artiste, qui t'auraient peut-être aimé. Tu n'aimais pas les proverbes, je ne les apprécie pas non plus : ce sont des vérités figées. Mais, j'entends bien : là où il y a des chaînes, on ne trouve pas de cous ; là où il y a des cous, on ne trouve pas de chaînes. Tu choisissais pour vivre toutes les mauvaises rencontres. C'est de cela que tu es mort. J'exagère. Qui suis-je pour juger tes choix ? Et puis, on ne décide pas du monde qui nous accueille. Tu es mort des choses avec lesquelles tu ne pouvais vivre et que tu ne pouvais pas empêcher. Les chiens battus. Les vies des Lonize et des *Méchant*. Les leçons de morale d'un père redoutable. Les offrandes à la liberté que tu posais aux pieds des femmes. Toutes ces vies en toi, jamais heureuses. Les gens continuent d'arriver. Le conservateur du musée annonce que la cérémonie va commencer et prie celles et ceux non encore inscrits sur la liste des intervenants de se présenter à lui. La liste est longue. Peut-être M. dira-t-elle quelques mots. En son nom propre et "au nom de…". Ils sont nombreux ceux qui vont parler en leur nom propre de l'affection particulière qu'ils te portaient – mieux, de celle que tu leur portais. Et ceux qui vont parler "au nom de…" l'art, de la liberté, du secteur culturel, toutes choses dont ils sont les vrais, voire les seuls représentants. Des abstractions. Ils auraient pu trouver plus proche du réel : les enfants des rues de Saint-Antoine qui n'auront plus personne pour leur donner la comédie, Islande à qui personne ne viendra faire un baisemain digne d'une princesse ; la vendeuse de cigarettes au détail que personne ne fera plus sourire ; les chiens du bas de la ville qui traînent leur âme au bout de leur queue ou qui ne traînent rien que leur queue et leur part de mélancolie ; la statue de Saint-Antoine que nul ne descendra jamais plus de son piédestal pour lui prêter une voix humaine ; Madame Armand, héroïne impitoyable de l'art de la détestation à qui tu avais su arracher une larme. L'hommage va commencer. Je suis la foule et je pénètre dans la salle. Tes amis comédiens sont là. Et des habitués de ce bar d'artistes et de faux artistes. Je me heurte au grand type qui avait reçu le verre de l'Estropié sur le crâne avant de s'effondrer sur le comptoir. Il a le crâne bandé, et il a sans doute préparé un discours ponctué de "considérant". Tandis que l'assistance prend place sur les sièges rangés comme dans une église, il déblatère sur les compromissions des artistes reconnus et vante les mérites des génies vertueux méprisés par la gloire. Il s'adresse à un petit groupe. Des groupes se sont formés, les uns encore debout, les autres ayant déjà pris place. Instinctivement, on se rapproche de ses semblables. Les amis de ta famille ensemble. Les artistes paumés ensemble. Les personnalités ensemble. J'ignore dans quelle catégorie t'a rangé le prophète-aux-considérants : vendu ou pas vendu. Les deux sans doute. Il a une telle confiance en sa parole que le reste a peu d'importance. Celui-là, c'est certain qu'il ne sautera jamais dans le vide. Il a trop de choses à dire. Il y a des chances que dans vingt ans, dans le même bar, on l'entende dire les mêmes paroles. Il fait partie de ces gens qui peuvent jouer la même pièce pendant vingt ans, sans réaliser qu'ils en sont devenus l'unique spectateur. Silence, camarade, contente-toi de ta place dans le décor. Je m'inquiète de l'absence de l'Estropié. Pas de nouvelles depuis deux jours. Et même s'il marche sur trois jambes, ce qui peut ralentir son rythme, l'Estropié n'est pas homme à prendre du retard. Il calcule tout, jusqu'à la durée de la marche d'une rue à une autre, du deux-pièces au ciné Paramount, du collège au deux-pièces. L'Estropié calcule, voit les choses venir et se prépare en conséquence. Il a pourtant raté ta mort. Sa surprise était égale à la mienne. Je crois qu'il voulait te sauver et pensait que ses remontrances, notre *"bateau ivre"* de deux-pièces, tanguant et immobile, la complicité du trio suffisaient pour te garder en vie. Il s'est trompé dans ses calculs. Je lui donne raison sur l'amour ou l'illusion de l'amour qu'il considère comme un virus du cœur qui fausse les données et rend folles les analyses. Madame Armand, qui n'aime rien, avait prévu que, tôt ou tard, tu porterais la main sur toi. Mais est-ce vrai qu'elle n'aime rien ? Peut-on vivre sans le moindre élan, une zone de tendresse qui fragilise notre jugement ? Madame Armand peut regarder l'échec sans compatir : ici, l'endettement est notre sport national. "Lorsque l'on doit, il faut payer. La tendresse, connais pas." Toi, ta zone de tendresse était trop grande et prenait toute la place. Tu as passé ta vie à attraper l'autre par la manche, en lui disant : "Arrêtez-vous que je vous offre quelque chose. Rien. Des mots, pour combler mes manques à moi. Et les vôtres." Le soir du grand plongeon, il ne te restait que tes manques. Le conservateur du musée, un vieil homme à la voix mielleuse, a ouvert le bal des éloges. Ta famille est là, hormis ton père. C'est l'une de tes sœurs qui parlera la première. Elle te ressemble. Debout devant la grande photo de toi qui constitue le fond de scène, elle parle de votre enfance. Elle pleure. Je respecte ses larmes. Tes sœurs et ton frère furent les premiers à te perdre. Ton cœur est parti de la maison le jour de la mort de ta mère. Perdre une mère et un frère en même temps, c'est beaucoup. Elle aurait pu te détester, t'accuser de vol de tristesse. Ta douleur insurmontable les a privés de leurs larmes à eux. Quand quelqu'un étale sa douleur face à une perte commune, il ne reste aux autres qu'à se mettre en retrait, à lui laisser le disparu, comme s'il était le seul à l'avoir aimé et à souffrir de son absence. On a vu des personnes qu'on pourrait croire de qualité se battre comme des harpies sur la destinée d'un cadavre : je veux choisir le cimetière ; c'est moi qu'il aimait le plus, je veux prononcer l'oraison funèbre… J'aime la modestie de ta sœur. Et son intelligence. Les morts appartiennent à la mort. Pitoyable, le vivant qui veut les mettre sous séquestre, se saisir, lui tout seul, de leur disparition. Pour saluer la mort, il faut laisser la place même aux usurpateurs. Une voix parle de ton talent. C'est un critique d'art, de théâtre, de littérature. De tout. Le critique à la mode. De ton vivant, il parlait plutôt de tes excès. Mais les critiques ont le droit de changer, ou de faire semblant, selon les circonstances. Comme mon rédac-chef qui ne reçoit que des amis dans son bureau, lesquels deviennent des parasites et des crétins une fois qu'ils ont tourné les talons et qu'il nous fait ses confidences dans la salle de rédaction. Ma consigne aujourd'hui est de noter les noms de tous les personnages importants présents à la cérémonie, même s'ils ne prennent pas la parole. Il y a d'abord les officiels. Le représentant du ministère de la Culture et de la Communication, un spécialiste du dithyrambe et de la propagande. D'ordinaire, son répertoire est constitué de formules évoquant "la haute sollicitude du président de la République", "le dynamisme" de son ministre de tutelle, "la conscience aiguë de l'ensemble du gouvernement" de "la chose culturelle" comme "ciment de l'identité". Il se contente d'un communiqué sous les regards hostiles de l'assistance. Il y a aussi le directeur général du ministère de l'Agriculture, mais sa présence n'est pas officielle. C'est juste qu'il aime le théâtre. Au sortir d'une lecture dans un salon bourgeois, il t'avait abordé pour te confier que, dans sa jeunesse, avant de consacrer sa vie à la fonction publique, il avait rêvé d'être acteur. Dans la hiérarchie des présences, en deuxième rang, il y a les étrangers. M. et les quelques autres. Le représentant d'une institution internationale qui s'occupe un peu de la culture parce que sa dénomination l'oblige à le faire de temps en temps, surtout lorsque quelques braves l'accusent de laxisme et dénoncent son insignifiance dans le paysage culturel. Puis il y a les notables de la vie nationale. Les riches, d'abord. Quelques vieilles bourgeoises. Celle chez qui tu avais brisé les verres et dont tu avais refusé de lire les poèmes. Elle lira un poème. Écrit pour toi. Ta mort lui donne droit à sa première lecture publique. Elle part après avoir déclamé son poème. Dehors une voiture l'attend, et un chauffeur qui lui ouvrira la portière et l'emmènera vers ses hauteurs. Deux jeunes entrepreneurs qui sont là par solidarité générationnelle et pour prouver que, nous les hommes d'affaires, ne sommes pas tous des "béotiens". L'un a été ton condisciple de classe. Il parle de ta différence, déjà, sur les bancs de l'école, des bonnes notes qu'il te doit : tu lui rédigeais ses compositions. L'autre n'a pas eu cette chance, mais l'entreprise qu'il dirige avait financé une manifestation culturelle à laquelle tu avais participé et continuera de financer ce genre d'événements, preuve de son engagement social. Je note. L'autre consigne de mon rédac-chef concerne l'usage de la ponctuation. "Tout est là, mon ami. Regardez, mon ami. Moi, je n'ai pas d'idées. Je n'ai pas honte de le dire. Mais un texte bien ponctué, quelle que soit la banalité de son contenu, c'est une chose qui apaise, donne l'illusion que tout est bien. Apprenez à bien ponctuer, et vous aurez la clé pour faire une belle carrière." J'apprends, monsieur le rédac-chef. Dans un coin, Josette se tient droite, en habit de réceptionniste. Elle évite de me regarder. Pour ne point m'embarrasser. Nous ne sommes pas ensemble. Mais elle est là pour moi, je le sais. Elle est prête à passer sa vie à m'écouter parler de toi. Je n'accepterai pas ce don. Tant que je n'aurai pas trouvé ce que, moi, j'ai à lui donner. Déjà, reconnaître sa présence. Aller vers elle. La remercier. Je me dirige vers le fond de la salle. Je croise M. qui s'avance vers le podium. La salle est comble. Il y a plus de monde qu'à nos séances de cinéma. L'Estropié n'aurait pas de mal à obtenir le compte exact. Il n'est pas là. J'ai peur. J'ai mal. Mais si, il est là. Au fond de la salle, du côté de la porte d'entrée, des gens demandent à entrer, se fraient un passage. C'est un cortège étrange. Devant, il y a un homme qui marche sur trois pieds, la jambe gauche plus courte que la droite, la canne pour lui faire une balance. Derrière lui, une sorte de couple ou de tandem. Une femme, grande, sèche et musclée qui pousse un fauteuil roulant. Sans le moindre effort de sa part. Pourtant, dans le fauteuil, il y a l'autre moitié du couple, une immensité, si lourde qu'elle-même ne parvient pas à se porter. Il y a longtemps que la grosse dame n'est pas sortie de chez elle et longtemps que l'autre, la sèche, l'aide à se mouvoir. Aucune des deux ne survivra à l'absence de l'autre. L'assistance les regarde, étonnée par cette manière d'être deux en une seule. Elles ont le même âge. Elles ont partagé leur enfance sans vivre la même enfance. Partagé un logis sans occuper le même espace. L'une à l'étage. L'autre au rez-de-chaussée. Chez elles, celle qui ouvre la porte n'est jamais celle qu'on vient voir. Mais les robes qu'elles portent ont été taillées dans le même tissu. L'immense femme dans le fauteuil a les doigts et les poignets habillés de bijoux. Elle pue la richesse. La richesse est puante, et elle veut le prouver. La grande au corps musclé et sec ne porte à son cou qu'une médaille qu'elle a reçue dans son enfance. Cette médaille, elle l'avait d'abord volée, puis on la lui avait donnée. Un geste d'amitié de petite fille à petite fille. Une médaille si petite qu'on pourrait ne pas la voir. Derrière le couple, une jeune fille toute timide. Sa robe à elle n'est pas le fait d'un grand couturier de la place. Elle n'a pas les cheveux frisés que les femmes vont se faire faire, pour les grandes occasions, dans les studios de beauté tenus par des dominicaines. Sa robe et ses cheveux, sa façon de marcher, ses yeux baissés qui n'affrontent pas la foule, tout en elle indique la jeune provinciale à peine descendue du camion. Cela se voit qu'elle vient d'effectuer un long voyage, les plis de sa robe sont un peu défaits, ses chaussures ont pris un peu de poussière. On sent aussi la modestie, l'excuse muette de la personne qui sait ne pas être dans son monde. Derrière elle, enfin, pour clore le cortège, une bande de gamins. Ils portent leurs meilleurs haillons, essaient de faire propre avec le peu qu'ils ont. Mais eux n'expriment aucune gêne. Ils avancent fièrement. Personne ne leur a enseigné l'art de demander la permission. Personne ne la leur a jamais accordée. Ils savent que, comme pour manger, boire, se trouver un coin pour dormir, s'ils attendent la permission, ils n'auront rien. Ils avancent, prennent de l'espace. Le directeur général du ministère de l'Agriculture ; le grand type qui surveille l'heure de retourner à son bar faire la leçon aux morts et aux vivants, aux chaises, à ceux qui écoutent et ceux qui n'écoutent pas, en attendant qu'un Estropié lui brise son verre sur le crâne ; les jeunes entrepreneurs et les vieux intellos, tous s'écartent pour les laisser passer. L'Estropié va vers le podium, prend gentiment le micro des mains de M. Le communiqué peut attendre. Le regard de l'Estropié lui dit qu'elle s'est trompée de jour, de rendez-vous. Il ne la chasse pas. Elle n'a pas bu et se souvient peut-être de quelque chose. Elle lui tend le micro. La femme sèche a retourné le fauteuil. Avec la grosse dame, elles font face à l'assistance. L'Estropié, désormais maître de cérémonie, offre le micro à la femme sèche. Elle le tient d'une main ferme. Mais ce n'est pas elle qui prend la parole. La grosse dame sort de son soutien-gorge une feuille de papier. Rose. Pliée en quatre. Les gens bien n'apprécient ni le geste ni la couleur. Les deux font vulgaire. C'est une coutume des femmes peu instruites et mal éduquées que de cacher leurs papiers d'identité ou leur argent dans leur soutien-gorge. Et le papier rose, c'est comme les paysans du Sud qui mettent des couleurs sur les tombes. La grosse dame déplie sa feuille. Son amie, son double, son… mais personne ne peut dire ce qu'elles sont l'une pour l'autre, lui tient le micro. Quelqu'un toussote. Tout ce clinquant, ce n'est pas une tenue de deuil. La grosse dame fixe le tousseur. Ses yeux font ensuite le tour de l'assistance. Ses yeux sont pleins de crachat, ils crachent sur les beaux costumes, les beaux discours. Dans la salle, prétextant la chaleur, des gens sortent leurs mouchoirs et s'essuient le visage. Ce n'est pas la chaleur. Le crachat des yeux leur est tombé sur la gueule. La grosse dame n'aime pas les chiens et ne leur cherche pas une âme. Elle dit : "Il est mort comme un chien, je vous souhaite la même chose." La salle s'offusque. Mais la grosse dame a suffisamment de haine en elle pour faire face à la haine de la foule. Elle ne tremble pas, et crache pour de vrai. Pas loin des pieds de M. Maintenant elle lit. La feuille rose n'est pas une fantaisie. C'est sur du papier rose que tu as écrit ta *Parabole*. Sa voix est claire, avec les inclinaisons commandées par les ponctuations. C'est, c'était, une grande lectrice. Autrefois c'est elle qui a appris à lire à celle qui lui tient le micro. Dans des livres de contes. Avant que les vivants ne lui inspirent rien que le mépris et la vengeance. L'argent ne l'intéresse pas. Elle en possède plus qu'il ne lui en faut. Ce qu'elle aime, à part rien, c'est voir les gens souffrir. Leur rendre la pareille. Elle n'est pas plus méchante qu'une autre, moins hypocrite, simplement. Vivre, c'est regarder l'autre tomber, mourir. Elle en a vu qui ont tout sacrifié pour l'argent, le pouvoir. Elle crache. Pas loin des pieds de M. Puis elle lit : "Moi, Argentine Armand, née Séide, je confie à monsieur Gentilus Petithomme la somme de trois cent mille gourdes pour la création d'un club de lecture pour les enfants de Saint-Antoine et de la zone dite Peau-Noire. Ce club portera le nom de Jacques Pedro Lavelanette." C'est sec. Sans blabla. Dans la salle, des gens sont tristes. Ils n'auront pas le dernier mot. Elle leur a pris ta mort. Elle replie sa feuille en quatre, la glisse dans son soutien-gorge, et la foule s'ouvre pour les laisser sortir. Laurette pousse le fauteuil. En arrivant devant le directeur général du ministère, le couple s'arrête. Elles n'ont pas échangé un mot. C'est comme si l'une savait exactement ce que souhaitait l'autre. Madame Armand s'adresse au haut fonctionnaire : "Dites à votre frère que si, dans trois semaines, il n'acquitte pas sa dette, je mettrai sa maison en vente." Elles sortent. Le conservateur du musée voudrait bien reprendre le contrôle de la cérémonie. Et M. voudrait bien lire le petit discours sur papier à en-tête de son institution. D'autres aussi qui s'étaient préparés, qui formaient une file, selon les instructions du protocole, pour gagner du temps. Le directeur du musée s'approche de l'Estropié. M. commence timidement à s'avancer vers le podium. Mais le regard de l'Estropié l'arrête. Quand on rate des rendez-vous, la politesse commande qu'on attende. Il tend le micro à la jeune fille timide avec un air de provinciale fraîchement descendue du camion. Elle n'a pas l'habitude de chanter dans un micro. Mais elle a le souvenir d'un soir, sur une place, dans une petite ville. Un homme lui a dit des choses. Des choses belles. Pour elle. Pour la ville. Pour un petit héros oublié par les historiens. Un homme avait rendu hommage à une petite ville que nul ne visitait. Chaque matin, cette petite ville, elle se réveille avec des habitants en moins. Les uns marchent vers la gare et disparaissent dans le camion. Les autres vont au cimetière. Alors, même si elle n'a pas l'habitude des micros, même si elle se doute que la plupart des membres de l'assistance se demandent ce qu'elle fait ici, elle chante pour l'homme qui, un soir, l'a ramenée à la chanson. Elle pleurera les absents, mais elle ne sacrifiera son chant à aucun de ceux qu'elle aimera. Elle les aimera, et ils partiront. Elle chantera pour eux, et ils partiront. Elle chantera pour elle. Et pour les autres. Elle chantera parce que son chant est sa seule victoire sur l'absence. Son chant, c'est la seule chose qui lui appartiendra toute sa vie. Ce qu'elle a à donner. Elle a ramené une chanson de sa petite ville. Sur les voyages, les retours. Sur un garçon prénommé Siné mais qui aurait pu s'appeler Pedro. *"Ami, camarade, si tu vois passer Siné, offre-lui une chaise en mon nom. Ma mère est contente, mon père est content, si tu vois passer Siné, offre-lui une chaise en mon nom."* Sa grand-mère la chantait à sa mère. Sa mère la lui chantait quand elle était petite. Elle chante. Pour sa grand-mère. Pour sa mère. Pour sa petite ville. Pour son premier amour qui est parti vers la capitale. Pour sa petite ville que l'homme dont il ne reste que la photo a réveillée un soir de sa torpeur. Elle lui doit bien ça. Elle chante. Et, lorsqu'elle a fini de chanter, on n'entend plus que le silence. Les gens sont mal à l'aise sur leurs sièges. Siné-Pedro est passé devant eux, mais ils n'avaient pas de chaise à lui offrir. M. est toujours pétrifiée par le regard de l'Estropié. Le conservateur du musée qui est un homme sage laisse l'Estropié diriger. Pendant la chanson, les gamins se sont éparpillés dans la salle. Ils n'ont pas besoin de micro. Ils ont appris à crier. Là où ils vivent, faut crier pour se faire entendre. Et d'un coin de la salle part un premier cri : *"Vous m'ennuyez, tuez-moi plutôt."* Et une voix lui répond : *"J'aime les raisins verts car ils n'ont pas de saveur. J'aime les camélias…"* Et la tirade du nez, et les aveux de Phèdre… Et des vers venus de partout. Et la liste est si longue, la variété si grande que même les prétendus experts réunis dans la salle s'y perdent. Et Baudelaire, Rimbaud, Phelps, Philoctète, Pessoa, Yacine, Gongora, Éluard, Apollinaire, Césaire, Hikmet, Eschyle, Lorca, Davertige, Morisseau, Villon… et j'entends ta voix dans les voix des enfants. J'ai envie de déchirer la photo. Elle ne bouge pas, ne remue pas les lèvres. Elle n'a pas ta démarche de singe. Et ils ont choisi une photo sans ton chapeau et ta diacoute. Trop classique. Moi je veux te voir déambuler dans Saint-Antoine, baiser la main d'Islande, jouer au cireur de bottes, entrer dans la mer avec l'Estropié en riant de ton visage aux petits trous et de sa jambe trop courte. Je veux te voir donner du corps au saint, l'humaniser. Je consens même à te voir te coucher au milieu de la rue. Chaque fois que tu le faisais, j'avais la certitude que tu te relèverais. Je consens même à t'imaginer dans cet appartement du douzième étage d'un immeuble d'une ville où je ne suis jamais allé. De toutes les façons, je n'ai pas fini de t'imaginer dans cet appartement, dans cette ville, de te voir marcher jusqu'à la fenêtre, grimper sur un tabouret, te hisser maladroitement. Tu n'as jamais été adroit, sauf pour ressembler à quelqu'un d'autre. Tes gestes à toi, tu ne les maîtrisais pas. Je te vois couvert de peinture dans le deux-pièces, jetant de la peinture sur tout, moins les murs que tu devais peindre. Je te vois dans notre bateau à Saint-Antoine. Je te vois dans cet appartement dont je ne vois pas les couleurs. Je te vois, oiseau noir toucouleur, t'asseoir au bord de la fenêtre, contempler les passants et te laisser tomber, pour entendre leurs voix de plus près ou ne plus entendre la tienne. Je te vois vagabonder dans l'air, faire ta madelle* de flâneur au-dessus de nos têtes. On n'est pas brillant tous les soirs. Il y a des soirs où, par déficit d'imagination, je te regarde tomber. Tout se passe trop vite. À peine as-tu sauté que j'entends le bruit de l'impact sur le sol. Et ton corps qui s'écrase met fin à la vision. Heureusement, il y a des soirs plus créatifs, moins prisonniers des bulletins d'information où j'applique ton conseil : *"Inventez vos informations et vous aurez le pouvoir."* Ces soirs-là, quand c'est moi le présentateur, tu plonges dans le vide mais tu ne tombes pas. Tu planes. Tu prends ton temps, tes aises, comme on dit. Gambades dans l'air. Sautilles. Voltiges. Te couches sur le dos. Te retournes sur le ventre. Plonges de nouveau. Descends dangereusement vers le sol, tout près des passants qui lèvent la tête. Et tu embrasses sur la joue une fillette qui pleurait, et elle arrête de pleurer. Tu ramènes à un vieux monsieur son chapeau que le vent lui avait volé. Tu parles au vent, le grondes, imitant le ton de l'Estropié s'adressant à toi quand tu as fait une grosse bêtise. Et le vent, pour jouer, t'emporte loin de l'immeuble. Vers d'autres quartiers. Là où il y a des arbres. Te ramène à ton point de départ. Et toi, infatigable, tu n'arrêtes pas de planer, continues tes espiègleries dans l'air, redescends taquiner les couples d'amoureux en leur faisant des recommandations sur le bonheur. Et cela dure longtemps. Jusqu'au sommeil. Je m'endors sans que ton corps se soit écrasé sur le sol. Et, au matin, je suis content de ne pas t'avoir vu mourir la veille. Je revendique le droit d'imaginer ta mort sans que tu meures jamais. En écoutant ta voix dans la voix des gamins, malgré leur putain de cérémonie d'hommage qui entend consacrer ta mort, l'inscrire dans l'histoire, c'est un soir comme ça. Je ne veux pas te voir mourir. Et qu'est-ce que j'ai encore à faire dans ce rite funéraire sur fond de bavardage ? Ta sœur est partie. Elle a fait un sourire à l'Estropié et elle est partie. Ne restent que les M. et les récents "amis d'enfance", les toutes nouvelles "vieilles connaissances". À part eux, tous les frères humains réunis dans la salle se lèvent pour s'en aller. Honneur à ceux qui sont partis, oubliant leurs petits papiers. Ils ont compris qu'aucun discours ne vaudra le plus insolite des montages de textes, réalisé et présenté par les acteurs les plus improbables. Plus tard, en rentrant chez eux, de beaux messieurs s'apercevront qu'ils ont perdu leur portefeuille, et des belles dames, qu'il manque des billets qu'elles avaient pourtant bien rangés dans leurs sacs à main en sortant de chez elles. Les victimes ayant de l'humour souriront en pensant à la double performance des gamins. C'est vrai que la poésie ne nourrit pas son homme, et c'est preuve d'intelligence que de faire deux choses en même temps.

Mais laissons au futur ce qui appartient au futur. Dans la salle, seuls quelques imbéciles insistent pour parler. Le conservateur du musée ne tend pas le micro à M. C'est un vrai sage. Il annonce que la cérémonie est terminée, cependant ceux qui désirent encore prendre la parole peuvent le faire en toute liberté. Il pose le micro sur la table. Ma liberté est de partir. Le conservateur du musée me propose d'emporter la photo avec moi. Ta sœur n'en a pas voulu. Je lui dis de la laisser à M. ou à un quelconque des "je veux parler à tout prix". Il me demande ensuite si je veux la liste complète des intervenants. Ceux qui ont parlé et ceux qui vont parler. Les inscrits et ceux qui n'étaient pas prévus. Ceux qui n'étaient pas prévus, je les connais. Pas tous par leurs prénoms. Les gamins ne s'appellent jamais par leurs prénoms. Et, parmi les invités surprise, il y a beaucoup de noms que je n'ai pas retenus. Les choses se sont passées trop vite. Je n'ai pas pu noter tous les noms de poètes, toutes les phrases de romans, toutes les répliques. Peu importe. Je ferai avec ce que j'ai. Après tout, ce n'est pas un vrai texte qu'on me demande d'écrire, seulement un compte rendu. Une chose pondérée qui ne te ressemble pas. Il me faut m'extraire de cette salle désormais vide de sens. Je vais rejoindre l'Estropié qui est sorti en même temps que les enfants. Josette est debout dans son coin. Je lui tends la main. Nous rejoignons l'Estropié qui doit accompagner Altagrace à son hôtel. Elle dormira dans un hôtel. Pas un hôtel de passe. Un de ceux qui ne reçoivent jamais les gens comme elle. L'Estropié a tout prévu. Il a choisi l'hôtel, réservé, payé, laissé une caution si jamais mademoiselle désire commander quelque chose du service de chambre. Il lui a même acheté un maillot. Pour la piscine. Demain, dans l'après-midi, elle prendra le camion qui la reconduira chez elle. Le réceptionniste de l'hôtel demande à vérifier deux fois l'identité de la cliente. Pourtant le nom est bien inscrit dans son registre, tout est payé. Il veut vérifier une troisième fois. Josette se fâche. Ce n'est pas le rôle du réceptionniste de dévisager le client. "Mais, Mademoiselle, je ne fais que… – Non, c'est juste que cela ne vous plaît pas qu'elle descende ici. Je veux parler au directeur." Je ne savais pas Josette capable de colère. Je ne te savais pas poète et je ne savais pas Madame Armand capable de verser une larme. Le réceptionniste s'excuse. Altagrace monte dans l'ascenseur. Nous partons. L'Estropié et moi, nous reconduisons ensuite Josette chez elle. Elle habite un quartier semblable au nôtre. Une maison qu'elle partage avec une cousine. Je lui donne rendez-vous demain. Au journal. On pourra déjeuner ensemble dans un restaurant bon marché. Consentira-t-elle à lire mon reportage avant que je rende le texte au rédacteur en chef? Pour la forme. Pour le reste. Pour tout ce que j'aurais pu rater. Aussi parce qu'il est bien de partager les mots. Avec ou sans les petits signes qui indiquent qu'ici il faut une pause, là une demi-mesure, et là, garder la voix ouverte, parce que la phrase n'est pas finie. Au diable, la ponctuation et les traités de style. Tant pis, je raterai ma carrière. L'essentiel est de dire la vérité. Demain je demanderai à Josette si elle peut fréquenter un homme qui a trahi un ami. Je t'ai trahi. J'aurais dû refuser l'honneur de la notice biographique et du reportage. Les laisser à ceux qui savent faire. Peut-être un jour essaierai-je d'écrire quelque chose qui soit digne de ta voix, de ton rythme. De ta langue. Tu étais un semeur de mots. Toutes les voix en même temps. Comment écrire cela? J'enlève la veste. L'Estropié marche péniblement. Je lis la fatigue sur son visage. Altagrace, Madame Armand, les gamins. Une sacrée mise en scène. Je pose ma main sur son épaule. Une façon de lui dire : "Bravo, frère. Tu as fait mieux que moi pour notre frère Pedro." Nous nous arrêtons et nous asseyons sur les marches de l'église. Nous avons besoin d'une pause. Les cérémonies consacrent la mort, font la preuve que l'autre n'est plus. Tu es mort. Même si, en revivant la scène, je refuse de te voir tomber. Tu es mort. Et nous nous asseyons exactement là où tu te tenais quand nous t'avons vu pour la première fois. Je me demande pourquoi l'hypothèse d'une âme suspendue à la queue des chiens t'obsédait tellement. "Arrête avec ça", me dit l'Estropié, qui a une idée. Ces temps-ci, ce ne sont pas les idées qui lui manquent. La voilà, son idée. Ta *Parabole du failli* mérite une dédicace. Nous connaissons au moins une personne à laquelle on n'a jamais rien dédié. Libres à nous de la lui offrir. Toute sa vie, elle a accompagné les amours et les désamours, les rêves et la détestation des autres. Il serait temps qu'enfin, quelque chose soit à elle. Et puis, nous savons que ce n'est pas quelqu'un qui jette ce qu'on lui donne. Le seul don qu'on lui a fait, c'est cette médaille, si minuscule qu'on ne la voit pas, qu'elle portait à son cou ce soir. Ce que j'en pense? Ce n'est pas une mauvaise idée. Il y a plusieurs façons d'être la beauté même. Ce que j'en pense? Qu'*"un chant tombé à ras le sol, sale métaphore usée pataugeant dans sa merde"*, peut toujours se relever. Que dans la chemise cachée sous le matelas, il nous reste des choses à lire.

SENS DES MOTS
SUIVIS D'UN ASTÉRISQUE DANS LE TEXTE

Pantalette : culotte de grosse toile.

Borlette : loterie populaire. (Cinquante-quinze-dix : montants des mises.)

Tap-tap : pick-up transformé en véhicule de transport public.

Librairie du soleil : étal de bouquiniste sur un trottoir.

Diacoute : sac en paille porté en bandoulière.

Rigoise : fouet de nerfs de bœuf.

Graine promennen : marcheur, flâneur infatigable.

Cric-crac : échange par lequel commence le récit du conte populaire. Le conteur dit "cric", l'assistance lui répond "crac" et il commence son récit.

Faire la madelle (expression du créole haïtien) : flâner, papillonner.

RÉFÉRENCES DES CITATIONS

p. 15 : "Tout se perd…" et p. 57 : "J'aurais tant voulu vous aider…", poème de Louis Aragon in *Les Poètes* (collection "Poésie / Gallimard", 1976 ; première parution en 1960, Gallimard).

p. 21 : "Le désespoir…", chanson *La Solitude*, de Léo Ferré.

p. 22-23 : "Ils vous ont fait payer le pain…", Paul Éluard, "La Victoire de Guernica", in *Poèmes politiques* (Gallimard, 1948).

p. 23 : "Le bonheur est dans le pré…" et "La ronde autour du monde", Paul Fort, *Ballades françaises : choix, 1897-1960* (Flammarion, 1984).

p. 23 : "J'ai mis la voie lactée en vente…" et p. 139 : "Étranger qui marches dans ma ville…", Anthony Phelps, *Mon pays que voici* (Éditions Mémoire d'encrier, Montréal, 2007).

p. 31 : "Capitaine, mon capitaine…", Walt Whitman, *Feuilles d'Herbe*, trad. de Jacques Darras (collection "Les Cahiers Rouges", Grasset, 2009).

p. 31 : "Il y a toujours une guerre quelque part…", Léo Ferré cité dans *Léo Ferré*, Charles Estienne (collection "Poètes d'aujourd'hui", Pierre Seghers Éditeur, 1984).

p. 33 et p. 175 : "Vous m'ennuyez, tuez-moi plutôt", Javert dans *Les Misérables*, de Victor Hugo (Flammarion, 1947).

p. 33 : "Excusez ma douleur…", Théramène dans *Phèdre*, de Jean Racine, in *Théâtre complet, Vol. 2* (Gallimard, 1983).

p. 35 : "Entre le sommeil et le songe…", Fernando Pessoa, in *Cancioneiro, poèmes 1911-1955*, Christian Bourgois, 1988 (traduit du portugais par Michel Chandeigne et Patrick Quillier).

p. 35 : "Il n'y a plus d'après", chanson éponyme, paroles et musique de Guy Béart.

p. 35 et p. 41 : "Adieu foulards, adieu madras…", chanson attribuée à François Claude de Bouillé (1739-1800), reprise et interprétée par Henry Salvador en 1957.

p. 36 : "Marinella…", chanson éponyme, texte de Vincent Scotto, interprété par Tino Rossi.

p. 38 : "Homme libre…", Charles Baudelaire, "L'Homme et la mer", *Les Fleurs du mal*, in *Œuvres complètes* (Seuil, 1968).

p. 39 : "Écoutez compagnons…", Carl Brouard in *La Revue indigène : les Arts et la vie* (Port-au-Prince, 1927).

p. 42 : "Vous qui passez sans me voir", chanson éponyme de Charles Trenet, Johnny Hess et Paul Misraki, écrite pour Jean Sablon, 1936.

p. 51 : "Les plus désespérés…", Alfred de Musset, *Nuit de mai, Les Nuits,* in *Œuvres complètes, Vol. 1, poésie complète* (Gallimard, 1986).

p. 51 : "Souvent pour s'amuser…", Charles Baudelaire, "L'Albatros", *Les Fleurs du mal*, in *Œuvres complètes* (Seuil, 1968).

p. 51 : "Tous les matins…", Nazim Hikmet, "Angine de poitrine", in *Il neige dans la nuit et autres poèmes* (Gallimard, 2002).

p. 55 : "Tu aurais pu vivre encore un peu", chanson, paroles et musique de Jean Ferrat.

p. 65 : "Insensé qui crois…" et p. 66 : "Quand je parle de moi…", Victor Hugo, préface des *Contemplations*, 1856 (Gallimard, 1982).

p. 76 : "Il était trois petits enfants…", *La Légende de Saint-Nicolas*, chanson populaire recueillie par Gérard de Nerval.

p. 87 : "C'est à partir de toi…" et p. 88 : "Tu es venue…", Paul Éluard, "Dominique aujourd'hui présente", *Le Phénix*, in *Œuvres complètes 1913-1953* (Gallimard, 1968).

p. 88 : "Ô toi que j'eusse aimée…", Charles Baudelaire, "À une passante", *Les Fleurs du mal*, in *Œuvres complètes* (Seuil, 1968).

p. 90 : "Pour l'enfant, amoureux…", Charles Baudelaire, "Le Voyage", *Les Fleurs du mal*, in *Œuvres complètes* (Seuil, 1968).

p. 90 : "De la musique avant toute chose", Paul Verlaine, "Art poétique", in *Jadis et Naguère* (LGF, 2009).

p. 90 : "Je t'aime pour…", Paul Éluard, "Je t'aime", *Le Phénix*, in *Œuvres complètes 1913-1953* (Gallimard, 1968).

p. 92 : "mettent des couleurs…", chanson *Les Poètes*, de Léo Ferré.

p. 95 : "heureux qui comme Ulysse…", Joachim Du Bellay, *Les Regrets* (Gallimard, 1975).

p. 103 : "bonnes manières à table", Léon Gontran Damas, "Hoquet", in *Pigments* (Éditions Présence africaine, 2001).

p. 105 : "Tu n'avais pas seize ans…", Roussan Camille, "Nedje", in *Gerbe pour deux amis* (Éditions Deschamps, Port-au-Prince, 1945).

p. 106 : "J'ai réveillé pour le prolétaire enchaîné…", Carlos Saint-Louis, in revue *Conjonction* n° 198, de l'Institut français d'Haïti (Port-au Prince, 1993).

p. 106 : "Omabarigore la ville que j'ai créée pour toi…", Davertige (Éditions Mémoire d'encrier, Montréal, 2003).

p. 107 : "Mathilde bien-aimée…", Pablo Neruda, "L'Amour victorieux", in *La Centaine d'amour* (Gallimard, 1995).

p. 107 : "Hasta siempre", chanson écrite par Carlos Puebla en 1965.

p. 117 : "Je ne suis qu'un mirage…", chanson *Les Amants tristes*, de Léo Ferré, 1974.

p. 117 : "Ici est la rue…", Kateb Yacine, monologue de Lakhdar, *Le Cadavre encerclé*, in *Le Cercle des représailles* (Seuil, 1959).

p. 118 : "Avec le temps…", chanson éponyme de Léo Ferré, 1970.

p. 118 : "la paix des chiens…", chanson *Le Chien*, de Léo Ferré, 1969.

p. 126 : "Frères humains…", François Villon, "Ballade des pendus", in *Œuvres complètes* (Arléa, 2010).

p. 126 : "J'ai besoin de légendes…", chanson *Concerto pour une chanson*, de Charles Dumont, 1974.

p. 126 : "Au temps longtemps, c'était merveille…", René Philoctète, *Les Tambours du soleil* (Port-au-Prince : Imprimerie des Antilles, 1962).

p. 127 : "Mon drapeau, c'est le tien…", Jean Brierre, poème "Me revoici, Harlem", in *Un Noël pour Gorée* (Éditions Présence africaine, 1966, et Paris : Silex, 1980).

p. 127 : "Un soir de demi-brume…", Guillaume Apollinaire, "La Chanson du mal-aimé", in *Alcools* (Gallimard, 1961).

p. 137 : "Je reviens fatigué…", René Philoctète, *Les Îles qui marchent* (Actes Sud, 2003).

p. 142 : "Gracias a la vida", chanson éponyme composée et interprétée par Violetta Parra en 1974.

p. 142 : "Ils sont arrivés…", chanson *Les Amants d'un jour,* interprétée par Édith Piaf, paroles de Claude Delécluze et Michelle Senlis, musique de Marguerite Monnot.

BABEL

Extrait du catalogue

Ouvrage réalisé
par l'Atelier graphique Actes Sud.
Achevé d'imprimer
en novembre 2015
par Normandie Roto Impression s.a.s.
61250 Lonrai
sur papier fabriqué à partir de bois provenant
de forêts gérées durablement
pour le compte
des éditions Actes Sud
Le Méjan
Place Nina-Berberova
13200 Arles.

Dépôt légal
1re édition : janvier 2016
N° impr. : 1504403
(Imprimé en France)